AF397427

LILITH B RASH

A SZENVEDÉLY ÉBREDÉSE

novum pro

© 2023 novum publishing

ISBN 978-3-99131-587-2
Lektor: Sósné Karácsonyi Mária
Borítókép:
Volodymyr Tverdokhlib | Dreamstime.com
Borító, tördelés & nyomda:
novum publishing

www.novumpublishing.hu

Erotikus történetek

A férfinak (és mindenkinek) szeretettel, aki egy éve belépett az ajtómon. Masszázsra érkezett. A hangja a telefonban nagyon tetszett. Udvarias, vicces volt. Én akkor már 7 hónapja elváltam, nem volt férfi az életemben, és nem is kerestem.

Masszázs közben végig beszélgettünk. Elmondta: ő házasságban él, de évek óta vannak titkos viszonyai. Olyan volt, mintha ezer éve ismernénk egymást.

A masszázs végén pedig megcsókoltam. ilyen velem nem fordult elő soha azelőtt. Egy idegen... mégis automatikusan jött a cselekedet.

Éreztük az elejétől: több van köztünk, mint vendég-masszőr kapcsolat.

Felébresztette bennem a NŐT, úgy, ahogyan én benne a FÉRFIT.

Átlagos májusi napnak indult, de az érintés felülírta a józan ész döntéseit.

Mivel egy titkos viszonyt kezdtünk, én mindennap írtam neki email-t reggel, elképzelve, milyen lenne, ha együtt lennénk. Amikor olvasta őket, arra biztatott: mással is osszam meg fantasztikus képzeletbeli meséimet.

Könyvem lapjain a későbbiekben már az együtt megélt órákat írtam le történetekben

Bízom benne, kedves olvasóm, neked is tetszeni fog, és felébred benned a vágy, ami lehet, hogy évek óta nem része életednek, mint ahogyan az enyémnek sem volt, de jött ő, és kiteljesedhettem újra, mint NŐ.

Első történetem

Ezzel kezdődött, azután mindennap folytatódott a képzeletemben kitalált, elképzelt helyszínekkel.

Kezeimmel simogató, kicsi számmal csókolgató, szép reggelt! Ha most együtt ébrednénk...

Én a bal oldaladon fekszem, válladon fejem, jobb oldalamon vagyok, kezem átkarolja felsőtested, lábam combodon nyugszik.

Megcsókolom a nyakad a füled alatt, és elkezdelek simogatni. (Te még alszol, egyenletesen szuszogsz.) Mellkasod, hasad, combod... amíg elér a kezem, közben puszilgatom a nyakad, és ahol elérlek így, fekve.

Azután érzem, kicsit gyorsul a légzésed, felém fordulsz, megcsókolsz, tudatva velem: megébredtél, reagálva érintésemre.

Közelebb húzódok, hogy jobban elérjelek, és simogatlak tovább, miközben csókolózunk, most már elidőzve belső combodnál, hasad aljánál, érzékelve, ahogy ágaskodik nemi szerved – mert megkívántál.

Kezembe is veszem, és elkezdem mozgatni kezem le-fel, miközben egyre jobban keményedsz kezemben. Simogatod a hátam-derekam-popóm, ameddig elérsz kezeiddel. Már én is izgalomba jöttem, benedvesedtem. Szép lassan rád is fordulok, és belém csusszan a farkad. Elkezdek mozogni; először lassan, aztán egyre gyorsabban. Egészen addig, míg érzem, ott vagy már te is a csúcs közelében, és akkor megállok, kicsit vadul megcsókollak, és folytatom. Már nem állok meg, nyögdécselsz alattam, lihegsz, s együtt érünk a csúcsra összerándulva, megremegve.

Utána pedig egymás mellett megpihenve fekszünk kicsit tovább...

Második történet

És akkor képzeletben menjünk tusolni együtt, édes!

Te még ágyikóban, de már ébren. Megpuszillak, ahogy felkelek mellőled és indulok a fürdőbe. Megeresztem a vizet; nem túl meleget és nem túl hideget. Beállítom a zuhanyrózsát, hogy pont rám jöjjön a vizecske. Beállok alá, s érzem, ahogy végig simogatja testemet a lecsorduló vízsugár. Behunyom a szemem, és az arcom is alá tartom...

Ahogy élvezem a víz simogatását, érzem, mellém lépsz, megpuszilod a nyakam, és átkarolsz hátulról. Jólesik az érintésed, végig is szalad testemen a libabőr. Átadom magam az érintésnek, hagyom, hogy folytasd. Nem fordulok meg. Mindkét kezeddel simogatod melleimet, és indulsz lefelé, közben a nyakamat, hátamat puszilgatod, miközben a víz csordogál a testünkön. Hozzád simulok jó szorosan, a fejem válladra teszem, így, még mindig háttal állva, és fenekemet a lágyékodhoz nyomom, ahol érzem férfiasságod keménységét, ahogy megkívántál már.

Megfordulok, átölellek, meg is csókollak. Kicsit hátrébb lépünk, így a víz sugara épp csak érint minket. Hozzád simulok, amennyire csak tudok, kicsit terpeszbe rakom lábam, hogy oda tudd nyomni ágaskodó férfiasságodat a puncimhoz. Aztán ahogy egyre jobban elönt a vágy, nekitolsz a csempének vadul csókolgatva, felemeled jobb lábam és belém hatolsz. Én is nagyon megkívántalak: csak úgy csusszansz a puncimba. Átkarolom vállaidat és felemelem másik lábam is, körbefonva derekad. Fenekemnél tartasz, és így tologatsz egyre gyorsabban, ahogy fokozódik a vágy, teljesen nekipasszírozol a csempének. Így mozogsz bennem, aztán leengedem lábam, megfordulok, lehajolok kicsit, nekitámaszkodom a falnak. Végig simítod a hátam, megpuszilgatod. Átkarolsz hozzám simulva, és már bennem is vagy; heves mozdulatokkal, lihegve tolsz hátulról. Én is mozgok, ahogy szereted. Simogatod csiklómat is, ahogy hozzám férsz, a gyönyörben tartasz. Egyre gyorsulnak mozdulataid, szaporábban veszed a levegőt. Érzem, már mindjárt ott leszünk a csúcson, átadom magam a gyönyörnek, hangos sikítással tudatva veled: felértem, és hallom, te is ott vagy. Most belém élvezel a hatalmas gyönyörtől, érzem, ahogy rándul a tested… és ráhajolsz hátamra amíg nyugszik nemi szerved és kicsusszan belőlem. Feléd fordulok, megcsókollak, beállunk a zuhany alá, lemossuk testünket, és visszafekszünk az ágyikóba, kicsit megpihenni egymás karjaiban.

Harmadik történet

Simogatós, puszilgatós, szeretgetős-csókolgatós szép reggelt!

Képzeletben együtt aludtunk, együtt ébredünk…

Én felkelek, adok egy puszit neked és odasúgom a füledbe, ahogy nyakad puszilom: „gyere, édes, megeresztem a vizet, fürödjünk meg".

(Egy hatalmas sarokkádunk van.)

Elindulok a fürdőszobába, leveszem babydollomat, amiben aludtam. Csak lecsúszik rólam a kád elé, a szőnyegre. Előrehajolok, megengedem a vizet, és belecsorgatom a habfürdőt, illóolajat.

Eközben hallom, ahogy te is jössz már utánam. Miközben meggyújtom a mécseseket, amelyeket a kád köré rakok sorban, érzem, ahogy átkarolsz hátulról így, ahogy előrehajolok, és rám simulsz egészen, megcsókolgatva a hátam.

– Jó reggelt! – súgod oda nekem. Simogatod a hasam, puszilgatod a hátam. Érzem, ahogy férfiasságod keményedik a lábam közt, fenekemnél.

Fel is izgulok azonnal, de nem fordulok meg, átadom magam az érzésnek. Lerakom a gyertyákat, a víz csordogál, érezni már a habfürdő illatát is, ahogy betölti a fürdőszobát.

Jobb lábam felteszem a kád szélére, hogy jobban hozzám férj. Már simogatod fenekemet is, és puszilgatod, markolászod… légzésed egyre hevesebb: hallom-érzem, ahogy elönt téged is a vágy.

Jobban odatolom a popóm, és belém csusszansz, mert annyira benedvesedtem már. Elkezdesz mozogni bennem, és én is együtt mozgok veled, miközben a kád szélén a jobb lábam, és meg is támaszkodom.

Annyira erős a vágy, a szenvedély, hogy mélyen, gyorsan mozogsz bennem. Én is nyögdécselek a gyönyörtől, amit okozol nekem. Hamar feljutunk a csúcsra mind a ketten: hangos sikítással én, te pedig hangos lihegéssel.

Megfordulok, megcsókollak. Belépünk kádba, te hanyatt fekszel, én melléd – a víz épp addig ér, hogy nem lep el minket, de simogatja hátadat, nekem a jobb oldalamat. A habok körbeölelnek minket. Cirógatlak, rád csorgatom kezemmel a vizet és addig izgatlak, míg látom, újra megkívántál. Ahogy a jobb oldalamon fekszem, meg is fogom férfiasságod, elkezdem mozgatni kezem le-fel, szép lassan, közben puszilgatlak – oldaladat, mellkasodat, hol így hozzád férek. Magadhoz húzol jó erősen, kezd elönteni a vágy újra. Légzésed szapora, ahogy reagálsz érintésemre, és kicsit oldalra fordulsz, hogy hozzám férj. Megcsókolsz, aztán rád fordulok, lábamat félig ellepi a víz. Jó érzés. Megpuszilgatom a mellkasodat és haladok lefelé. Átkarolsz, a derekamat szorítod és húzol magadhoz, bennem akarsz már lenni, alig várod, de még nem, még izgatlak, simogatlak, csókollak, közben kezem mozog, markolom farkad. Azután beléd csusszanok, annyira felizgultam én is attól, ahogy felizgultál. Kívánlak. Elkezdek mozogni, jó mélyen bennem vagy, rád is nyomom jobban a fenekemet. Te is mozogsz alattam, velem együtt, ritmusosan. Megtámaszkodom két kezemmel a kádon kétoldalt, így jobban tudok mozogni rajtad. Már hangosan lihegsz a gyönyörtől, csiklómat izgatva, ahogy már hozzáférsz. Ah, én is lihegek, egyre gyorsabban mozgok rajtad, egészen addig, míg érzem, teljesen megkeményedve odaérsz mindjárt a csúcsra velem együtt, és gyorsabban-gyorsabban mozgok... sikítok, rándulok, ahogy te is elélvezel bennem a gyönyörtől, amit okoztam neked. Rád simulok, átkarollak, így pihenünk meg a langyos, illatos vízben.

Negyedik történet

Amikor kinyitod a szemed, megcirógatom az arcod és nyomok egy puszit rá.

Aztán meg is simogatlak, csak úgy, finoman, ahogy oldaladon fekszel), nyakadtól indulva lefelé.

Meg is fordulsz felém, mert eddig én simultam a hátadhoz kifliben.

Megcirógatsz te is, meg is csókolsz.

Simogatlak, cirógatlak, miközben csókolózunk, így reggeli ébredésnek.

Érzem, már ágaskodik férfiasságod. Én is felizgultam. Elfordulok a másik oldalamra, háttal neked, popómat rátolom lágyékodra, fenekemet simogatod, és szép finoman belém is hatolsz. Elkezdünk mozogni, miközben simogatod derekamat.

Felemelem lábamat, hogy jobban tudjak mozogni. Elönt a vágy mindkettőnket, egyre gyorsabban mozogsz bennem, miközben én már simizem csiklómat.

Érzem, ahogyan keményedsz bennem. Már majdnem ott vagyunk a gyönyör kapujában; pár lökés, és hangos nyögéssel, rándulással együtt érkezünk oda. Megpuszilgatod hátam, majd így fekszünk még kicsit, míg kicsusszansz belőlem.

Ötödik történet

Képzeletben együtt aludtunk. Te hanyatt fekszel, én a bal feleden, a jobb oldalamon fekszem.

Fejem a válladon, bal kezem a mellkasodon nyugszik, bal lábam a felső combjaidon keresztben van rajtad: teljesen odasimulva hozzád aludtam.

Már ébredezem, te még alszol: hallom, ahogy egyenletesen szuszogsz, nem is mozdulsz még.

Simogatlak kezemmel, csak úgy, ahogy a mellkasodon van, cirógatlak. Meg is puszillak óvatosan, a nyakadat, mert épp ott van fejem... elérlek.

Kicsit megmozdulsz. Bal karoddal, ami átkarolta derekam, közelebb húzol... reagáltál a puszikámra, de szemed még csukva. Nagyot sóhajtasz, miközben magadhoz húzol.

Most már simogatlak, nem csak mellkasodat, hanem haladok lefelé hasad aljához, ahogy elérlek, és közben csókolgatom nyakad, mellkasod is. Felém fordulsz, fejemet puszilod meg, mert csak azt érted el, de felnézek rád, hogy meg tudj csókolni. Közben cirógatlak, lejjebb csúszom kicsit, hogy elérjem férfiasságodat, ami már reagált simogató érintéseimre. Megsimítom, és óvatosan kezembe is veszem. Most már kicsit rád fordulok, és másik kezemmel is simogatlak, miközben lassan mozgatom kezem le-fel, ahogy keményedik benne nemi szerved. Már szaporábban veszed a levegőt, hátamat simogatod és derekamat öleled. Ahogy keményedsz kezemben, elengedem, lejjebb csúszom, és puszilgatlak: végig a belső combod, térded, míg lábfejedhez érek, aztán indulok visszafelé, kicsit elidőzve a combodnál, zacskódnál, és elkezdem nyalogatni ágaskodó farkadat, kezemmel zacskódat markolászom óvatosan. Azután számba csúsztatom, úgy nyalogatom tovább. Pár percig még izgatlak így, ezután indulok felfelé: a hasad puszilom, mellkasod, és csókolózni kezdünk. Már tologatod alsótested fenekemre, kérve, hadd hatolj belém, mert úgy kívánsz már. Én is fel vagyok izgulva, csupa lucsok a puncim, csak úgy csusszansz belém hangos sóhajtással, én pedig már mozgok is, élvezve a gyönyört. Csókollak közben, te pedig húzol magadhoz egyre erősebben a fenekemet markolva. Egyre mélyebben és keményebben vagy bennem. Így mozgunk ritmusosan egy ideig, aztán melléd fekszem hasra, lábam terpeszbe teszem, kicsit pucsítok a fenekemmel, felemelve, hogy hozzám férj. Rám fekszel, és belém hatolsz így, és mozogsz... most csak lassabban, én pedig csiklómat izgatom. Puszilod nyakamat, ahogy fekszel a hátamon, és közben tologatsz, most már gyorsabb mozdulatokkal. Érzem, már majdnem a csúcson vagy... én is hamarosan oda érkezem: hangos nyögdécseléssel, rándulással adom tudtodra: gyere te is, engedj a gyönyörnek. Jobban rád tolom fenekem, gyorsan mozogsz, és hangos, kéjes nyögéssel oda érkezünk a csúcsra együtt. Megpihensz így a hátamon, átkarolva hasamat. Érzem, lassan kicsusszansz belőlem. Kicsit fekszünk így még, aztán megengedem a kádba a vizet, és indulunk fürdeni.

Hatodik történet

Ma is odabújva aludtam, kifliben. Te vagy a hátamnál, és átkarolva a hasamnál aludtunk el, úgy, hogy én fogtam a kezed.

Így is ébredek kipihenten, de korán; érzem, ahogy szuszogsz a nyakamba. Még mélyen alszol, feléd fordulok óvatosan, nehogy felébredj, és adok egy puszit.

Kicsit jobban megszorítasz, de ez csak automatikus reakció, mert légzésed egyenletes marad.

Teljesen megfordulok és átkarollak én is, így fekszem még egy kicsit és hallgatom a szuszogásod, megsimogatom az arcod. Beleteszed a tenyerembe, ahogy érzed, ott van, és a tenyeremben az arcod. Megpuszilod a tenyerem. Már ébredezel, csak halkan odasúgod: „aludj még egy kicsit, édes, korán van".

Lehunyom a szemem, de már nem tudok aludni. Cirógatlak és puszilgatlak. Szereted. Visszafordulok a jobb oldalamra, mert így kényelmes, odasimulok teljesen, hogy érezzem a tested melegét és a légzésed a nyakamon, de már megpuszilod a nyakam is, és simogatsz engem.

A testem reagál, ahogy a tiéd is az én érintésemre. Érzem, ahogy végigszalad rajtam a libabőr és elönt a vágy. Férfiasságod a fenekemnél, már keményedik, és oda is tolod, hogy jobban érezzem: készen állsz, megkívántál. Felemelem a bal lábam, megfogod és belém hatolsz így hátulról, ahogy fekszünk, és elkezdesz mozogni, miközben puszilgatod nyakam, hátam. Én kezemmel a csiklómat simizem. Csodás gyönyört okozol reggel korán, csusszansz bennem, ahogy én is teljesen felizgultam. Így mozgunk egy darabig, már teljesen felébredve, aztán előrébb megyek, hogy kicsusszanj belőlem, megfordulok, hogy meg tudjalak csókolni, és rád fordulok, megpuszilgatva mellkasodat, hasadat, és már csusszansz is belém. Le-fel mozgok, ahogy imádod, aztán előre-hátra, most már gyorsabb mozdulatokkal, mert a gyönyör kapujában vagyok, ahogy te is egyre keményedsz bennem. Csiklómat simogatod, miközben felülve mozgok, hogy hozzám férj, és azt mondogatod: „ez milyen jó így". Te is segítesz, gyorsan mozogsz alattam, kicsit előrébb hajolok, lábadat felhúzod és erőteljesen tologatsz.

– Abba ne hagyd, kérlek…

Tudod, ez mit jelent: folytatod. Én is gyorsan mozgok, hangos nyögdécseléssel, lihegéssel tudtodra adva a rándulásommal, hogy megérkeztem, gyere te is. Pár pillanat, és hallom-érzem, ott vagy a csúcson. Szaporán veszed a levegőt, rándulsz. Rád simulok, így fekszünk még egy kicsit, aztán odabújok melléd, kicsit megpihenni felkelés előtt.

Hetedik történet

Cirógatós, ölelgetős, csókolózós ébredés.

Ma később ébredtem, te még szuszogsz. Felkelek óvatosan, adok egy puszit, megsimogatlak, és elindulok, hogy ússzak egyet a medencénkben (mert képzeletben az is van nekünk).

Kimegyek, és a lépcsőn lépdelve óvatosan ráfekszem a tükörsima vízre, elkezdek úszkálni.

Ahogy élvezem a friss, reggeli hűs vizet, hallom lépteidet: te is jössz utánam, és halkan csobbansz a vízben. Odaúszol hozzám, hátulról átkarolsz, és megpuszilod a nyakamat. Meztelenek vagyunk. Jó érzés, ahogy simogatja testünket a víz. Friss, de érzem tested melegét, ahogy magadhoz szorítasz. Feléd fordulok, derekad köré teszem lábam, átölelve vele, és megcsókollak nyakadnál, ölellek karjaimmal.

Érzem férfiasságod merevségét, és ahogy belém csusszansz így, ahogy csókolózunk, átkarolva egymást. Lassan, így ölelkezve, elúszunk a medence végéhez, ott rányomsz a peremére, és így kitámasztva engem vadul kezdesz tologatni, miközben csókolsz. Felteszem lábaimat nyakadba, hogy jobban hozzám férj, átélve a gyönyört, amit okozol, és kezemmel megtámaszkodom a medence szélén.

A víz simogatja testünket, miközben vadul szeretkezünk. Ki is megyünk a vízből, és folytatjuk mellette. Én hanyatt fekszem, rám fekszel, szemből jössz, felemelve lábaimat derekadra, így tologatsz tovább, miközben én csiklómat simogatom. Aztán rám simulsz, csókolva engem, és így mozogsz tovább határozott, erőteljes mozdulatokkal, mélyen bennem, lihegésedből érzem: lassan a csúcsra érnél, de még nem engedem. Hanyatt fordítalak, és lovagló ülésben folytatom tovább, ahogy szereted... lefel, előre-hátra, közben átkarollak bal kezemmel a nyakadnál, kicsit megemelve a fejed. Te a derekamat szorítod, és húzol magadhoz. Rád simulok, így folytatom tovább gyorsabb mozgással. Alattam nyögdécselsz és mondod, milyen jó így.

Kicsit még folytatom, aztán kicsusszansz belőlem. Megpuszilgatom mellkasod, hasad, haladok lefelé csókjaimmal a testeden, közben farkadat kezemben óvatosan mozgatom le-fel, és mikor odaérek, megnyalogatom, számba veszem. Te nézed, ahogy számat telíti nemi szerved. A másik kezemmel belső combod simítom, még nagyobb gyönyört okozva. Határozott mozdulattal kicsusszansz alólam, mögém jössz, és hátulról hatolsz belém jó mélyen, és egyre gyorsabban tologatsz. Én simogatom csiklóm, már majdnem ott vagyok a gyönyör kapujában... Ne hagyd abba, kérlek, toljál vadul, jó mélyen, keményen. Pár perc, és érzem, te is ott vagy már, én is mozgok egyre gyorsabban, együtt érkezünk a csúcsra. Megrándulok, sóhajtok, nyögök. Te is hangos kiáltással érkezel, összerándulva a gyönyörtől, amit okoztam neked. Rá fekszel hátamra a derekamat átkarolva, így lihegsz egy darabig, azután elheveredünk egymás mellett, megpihenve kicsit, mielőtt bemennénk, vissza a házba.

Nyolcadik történet

Szeretgetős, csókolgatós, simogatós, kényeztetős ébredés.

Menjünk tusolni!

Elindulok ki a fürdőszobába, miután megcsókoltam arcodat és megsimítottam testedet. Beállítom a víz hőmérsékletet a zuhanyrózsán és beállok alá. Langyosan simogatja a bőrömet a vízsugár, élvezem, ahogy folyik le testemen. Te is megérkezel, belépsz mellém a zuhany alá, átkarolva engem hátulról. Nyakamra nyomsz egy puszit, és megcsókolod a vállamat. Kicsit kilépek a víz alól, de így is érinti a hátam, ahogy feléd fordulok, átkarollak és megcsókollak. Kezembe fogom a tusfürdőt és bekenem vele a tested, óvatosan, simító érintésekkel, végig mindenhova. Kicsit elfordítalak, hogy leöblítse rólad a csorgó víz a habot, azután visszahúzlak magamhoz. Újra megcsókollak, és meg is simogatlak, viszonozva a te simogatásodat. Érzem a kezed a testemen, ahogy halad lefelé: a derekamtól a fenekemre, meg is markolászod kicsit, hangos sóhajjal. Én is megsimítom a fenekedet, azután a derekadtól előrecsúsztatom kezem a hasadra, és érzéki érintéssel odaérek férfiasságodhoz, ami már keményen ágaskodik. Kezembe veszem, miközben vadul csókolózunk, és mozgatom kezem, a másikkal simítom oldalad, aztán megfordulok háttal neked, teljesen hozzád simulok, te pedig simogatod mellem, derekam. Haladsz lefelé, miközben vállam, nyakam puszilgatod. Már én is teljesen felizgultam. Előrébb lépek, lehajolok, kicsit kitámasztva magam a zuhany falán, így belém tudsz hatolni hangos sóhajjal hátulról, és vadul kezdesz mozogni bennem, mert annyira elöntött a vágy. Így maradok egy darabig, aztán megfordulok, hogy meg tudjalak csókolni. Annyira fel vagy izgulva, hogy hirtelen mozdulattal nekinyomsz a csempének, felpasszírozol a falra szinte, megemeled jobb lábam, a derekadra teszed, és úgy hatolsz belém elölről, miközben csókolsz. Azután átkarollak a nyakadnál, a másik lábam is a derekad köré fonom, fenekem alatt tartasz, így tologatsz, löködsz, míg érzem, már mindjárt a csúcson vagy, ahogy én is. „Gyere, édes – mondom neked – gyere". Hangos kiáltással, nyögéssel érkezünk meg a gyönyörbe, tested is összerándul. Ráteszed fejed vállamra, ahogy lihegsz, és leengeded lábaimat. Csókolózunk egy kicsit, aztán visszalépünk a víz alá, lemossuk testünket, és az ágyban összebújva megpihenünk kicsit még.

Kilencedik történet

Már mind a ketten ébren vagyunk, simogatva egymást fekszünk az ágyban. Odasúgod nekem: „édes, kicsit érzem a hátam, megnyomkodnád? Olyan jó lenne, szeretem az érintésed".

Én pedig mondom neked: „rendben, kicsi szívem, hozom az olajat, feküdj addig hasra".

Mire visszaérek az olajjal a kezemben, te már el is helyezkedtél, és kéjelegve várod, hogy hozzád érjek.

Felmászom melléd az ágyba, oldaladhoz térdelek, és felviszem az olajat a testedre. Talpadtól indulva érzéki simításokkal bekenlek mindenhol: combod, feneked, hátad, karod.

Most a hátaddal kezdem; 10-15 percig meg nyomkodom, ahol fáj, bekenem gyógykrémmel, aztán kimegyek, megmosom a kezem, és elkezdem a simogató masszázst, amit annyira szeretsz.

A lábadnál térdelek le, kicsit terpeszbe rakva azokat, hogy közéjük beférjek. A talpadtól indulok, megsimítom, kicsit megnyomkodom, és haladok felfelé óvatosan, épp csak érintve vádlidat, térdhajlatodat. Lágy körözéssel érkezem belső combod tetejéhez, kicsit lecsúsztatom kezem, s érzem, ahogy férfiasságod már keményedik. Fenekednél, combodnál simítalak, lépkedek ujjaimmal a lábaidon, élvezve, milyen örömöt okozok, aztán ismét lefelé haladok a talpadig, és utána felsimítom kezem mindkét lábadon úgy, hogy rád simulok, érzed a testem is magadon. Oldaladon lesimítva kezem, cirógatással folytatom. Alulról felfelé, térdhajlatodnál és combodnál, fenekednél elidőzve. Belső combod simítom, fenekednél felfelé, jól meg is markolászom érzékien, s érzem, ahogy emeled csípődet, helyezkedsz alattam. Feltérdelek melléd, oldaladhoz helyezkedem, és cirógatom hátad derekadtól felfelé. Én is meztelen vagyok, magamat is beolajoztam… Ujjaimmal lépkedek, számmal pedig megpuszilgatlak, ahogy simítom mindkét karod, azután óvatosan rád fekszem. Olajos testem csusszan rajtad, el is kezdek lefelé csúszni, miközben oldaladat simítom. Érzed, ahogy a testem teljesen rád simul, azután csúszom ismét felfelé, hasam, puncim fenekednek nyomva teljesen, közben a nyakadat is puszilgatom.

Lefordulok rólad, és óvatosan megfordítalak. Kéjes nyögéssel helyezkedsz el hanyatt fekve, férfiasságod keményen áll már, reagálva érintéseimre. Kis terpeszbe rakom lábaidat, közéjük térdelek, és oldalra nyúlva kezeimmel egyszerre simítom felfelé mindkét lábad, közben hasadat is megpuszilom. Ahogy felérek combodhoz, belső részét cirógatom, férfiasságod egyre csak ágaskodik. Azután rád simulok, felcsúszom mellkasodra, oldalt simítalak kezemmel. Érzem, ahogy lábaim közt farkad készen áll a behatolásra, ahogy érzi puncim melegségét. Nyakadat puszilgatva engedem, hogy belém csusszanj, hangos sóhajtással tudtodra adva, mennyire jó, én is teljesen felizgultam.

Mozgok egyenletesen, te kicsit felhúzod lábaidat, mélyebben hatolsz belém, gyorsan mozogsz alattam. Én teljesen átkarollak, rád simulok, élvezem a gyönyört, amit okozol. Azután lecsúszom rólad, oldalra, melléd. Az oldaladra fordulsz, így hatolsz belém hátulról, lábamat kicsit megemelve, hogy jobban hozzám férj. Így tologatsz-lököldsz, miközben én csiklómat simogatva lassan a csúcsra érkezem. Érzed a légzésemen, már mindjárt ott vagyok. Nem fogod vissza magad: egyre gyorsabban mozogsz. Hátra fordítom fejem, csókolózunk, egyre nagyobb lökéseidből érzem, már te is mindjárt ott vagy. Hangos kiáltással érkezel meg, én is nyögdécselek. Rándulunk, sóhajtunk, rám simulsz hátulról, megpuszilod a vállam, átkarolod a derekam. Érzem, lassan kicsusszansz belőlem, s így pihenünk meg kicsit, egymást ölelve, mielőtt megyünk fürödni, a kádban folytatva szeretkezésünket.

Tizedik történet

Szeretgetős, csókolgatós ébredés.

Ma a tengerparton szeretkezünk.

Nyaralunk. Kis házikó a tenger partján, cölöpökön áll, nádtetővel kis terasz. Ahogy kilépünk az ajtón, már a homok simogatja a lábunkat, és pár méterre a tenger, aminek zúgását éjszaka is hallani.

Én már ébren vagyok, te még szunyókálsz az ágyikóban. Kint ülök a teraszon, kortyolgatom a kávémat. A bőrömet simogatja a reggeli szellő, és érezni a víz illatát. Miután megittam kávémat, bemegyek, nyomok egy puszit arcodra, megsimogatlak és halkan odasúgom: „nemsokára jövök, mártózom egyet a vízben".

Elindulok a homokban. Egy nagy törölközőt is viszek magammal: ha megmártóztam, el tudjak feküdni a parton.

Csak egy kendőt tekertem magamra. Ahogy odaérek a vízhez, leterítem törölközőt, lecsúsztatom magamról a kendőt, és pár lépés után már úszom is.

Leúszom a kis távomat, és amikor kifelé haladok, látom, te is jössz már a homokban lépkedve. Csak egy kis rövidnadrág van rajtad, amit épp húzol le magadról, mikor kiérek a partra.

Átkarolsz. „Jó reggelt, szívecském" – mondod nekem. Én is kívánom neked, és meg is csókollak. Érzem a meleg testedet az én kicsit lehűlt testemen. Jó érzés, bele is borzongok. Ölelkezve csókolózunk, meztelenek vagyunk mind a ketten. Elkezdesz lejjebb csúszni, és húzol engem is magaddal, szavak nélkül kérve, feküdjünk le a törölközőre.

Óvatosan leteszel a hátamra. Kicsit oldalfekvésben vagy, így csókolsz tovább engem. Hoztál friss édesvizet is, elkezded leöblíteni sós vizes testemet. Kezeidet mártod a vízbe, és a nyakamtól elkezded rám csorgatni. Le is simogatod rólam, ahogy óvatosan „öntözöl". Miután leöblítettél, csókjaiddal kezdesz kényeztetni, és simogatsz is. A nyakamtól indulsz, de kezed már puncimat izgatja óvatosan, csiklómat érinted, és határozott, de lágy mozdulatokkal ujjaidat is belém tolod, miközben egyfolytában csókolsz. Már melleimet puszilgatod, közben puncimat kényezteted, hatalmas gyönyört okozva nekem. A lágy szellő simogatja bőrünket, a tengervíz-hullámok kiérnek a partra, talpainkat érintve. Haladsz lefelé a testemen. Lábaimat terpeszbe nyitod és közéjük térdelsz. Kétoldalt fenekem alá nyúlva kicsit megemelsz, és nyelveddel kezdesz kényeztetni. Érzem, ahogy még jobban elönt a vágy, ahogy nyelvedet a puncimban érzem. Le-fel emelgetem fenekem, annyira élvezem. Ezután leengeded a fenekem, nyalod puncimat, és közben újra betolod ujjaidat. Kicsit gyorsabban mozgatod, csak úgy csusszan kezed. Annyira felizgultam már! Ne hagyd abba, kérlek! Egyre gyorsabban mozgatod ujjaidat, és nyelveddel csiklómat izgatod. Érzed, hogy már majdnem a csúcson vagyok. Te is felizgultál a látványtól, érzéstől. Kezeim oldalt a homokban, bele is markolok, ahogy a csúcsra érek hatalmas sóhajtással, nyögéssel, rándulással, te pedig kihúzod ujjaidat, és elkezded puszilgatni hasamat, mellkasomat, míg fel nem érsz a számhoz, hogy megcsókolj. Átkarollak, magamhoz húzlak, így köszönve meg, milyen gyönyört okoztál. Érzem, férfiasságod kőkemény, ahogy elöntött a vágy. Belém is hatolsz, és mozogsz határozott, gyors mozdulatokkal, közben csókolózunk, de amikor érzem, hogy egyre jobban keményedsz bennem, én is érzékien mozgatom alattad testemet, és markolászom fenekedet. Feljebb húzom lábaimat is, és nagyobb terpeszbe helyezem, hogy mélyebben legyél bennem. Lihegsz, nyögdécselsz, és hatalmas kiáltással érkezel meg a gyönyörbe. Rándul a tested kétszer, háromszor. Átölellek, és így rajtam pihensz meg. Érzem szapora légzésedet. Fejedet vállamra rakod, megpuszilsz, így heverünk még egy darabig, élvezve a tenger zúgását, a szellő simogatását, és a felkelő nap szépségét.

Tizenegyedik történet

Simogatós, szeretgetős, csókolgatós, kényeztetős ébredést, kicsi szívem.

Ma korábban értél haza a munkából. Én a szobában az ágyon szunyókálok, meztelenül, hason fekve. A takarót csak épp a derekamra húztam, mert nagyon meleg van. Délután nem volt vendég és korán ébredtem, ezért elheveredtem kicsit pihenni. Bal lábam kicsit felhúzva oldalt, hajam kibontva terül szét jobb oldalamon.

Nem is hallom, hogy megjöttél, mélyen alszom. Bejössz, bezárod ajtót magad mögött. Elindulsz befelé, miközben köszönsz:

– Szia, édes, megjöttem.

De nem kapsz választ, ezért bekukkantasz az ajtón és látod, ahogy alszom.

Odalépsz, megpuszilod a fenekem, meg is simítod. Én még nem reagálok: mély álomban vagyok. Elindulsz a fürdőbe, ledobálod magadról ruháidat és beállsz a tus alá felfrissülni, mert megizzadtál a melegben.

Kicsit megébredek; mintha hallanék valamit. *Lehet, hogy a víz csordogál* – gondolom végig csak így félálomban, de nem tudom még összerakni a dolgot, mert álomban vagyok, így vissza is alszom. Végzel a tusolással. Kicsit felfrissültél, és bejössz a szobába. Ott állva pár percig az ágy mellett gyönyörködsz bennem, ahogy popóm kerekedik oldalfekvésben, bal lábam kicsit felhúzva a takarón pihen. Aztán fölém hajolsz, kezeiddel oldalamnál megtámaszkodsz, és megpuszilod a nyakamat, odasúgva:

– Szia, kicsim, megjöttem.

Érzékelem, hogy ott vagy, de a szemem még nem tudom kinyitni. Kezem felemelem és megsimítom arcodat, te pedig haladsz lefelé a testemen a csókokkal: vállaim, hátam, oldalam, fenekem, combjaim, vádlim, aztán óvatosan mögém fekszel, és kezeddel kezdesz simogatni a derekamtól lefelé, ahogy elérsz, közben csókolgatva nyakam, hátam.

Már ébren vagyok, de jó érzés erre kinyitni a szemem, hogy érzem a simogatást, csókokat. Át is adom magam az érzésnek, de megfogom a kezed, odahúzom a számhoz és tenyeredbe puszilok, közben halkan súgom oda:

– Szia, kicsi szívem.

Oda is nyomom a popóm a lágyékodhoz, és érzem már férfiasságod keménységét, te pedig fenekemet simítva, kicsit a közepe felé haladva, ujjaiddal lépkedve megsimogatod a puncimat így hátulról, ahogy eléred. Én már helyezkedem is: lábam kicsit megemelem, hogy jobban hozzám férj. Élvezem a kényeztetést, végigszalad a libabőr rajtam, ahogy kezdek felizgulni.

Ujjaidat be is tolod puncimba, és óvatosan mozgatod már. Én kicsit oldalra fordulok, lenyúlok, és kezembe veszem farkadat, ami már kőkeményen ágaskodik, és elkezdem mozgatni kezem. Élvezed te is az érintésem; nagyot sóhajtasz, tudatva velem, milyen jó érzés. Teljesen felizgultam, csupa lucsok vagyok. Rám fordulsz. Kis terpeszbe helyezem lábaimat, belém is hatolsz így, ahogy a hátamon fekszel, és elkezdesz mozogni, közben átkarolsz teljesen.

Puszilod vállam-nyakam, én nyögdécselek alattad és mozgatom a fenekem, amennyire tudom. Olyan jó érezni a testedet az enyémen! Oldalra fordulok, te pedig így folytatod a tologatást hátulról. Te is az oldaladon fekszel már – a jobb oldaladon –, én is jobb oldalamon, és bal lábam a derekadra emelem, így hozzáférek csiklómhoz kicsit simogatva, és érzem, hogy keményen vagy bennem, egyre határozottabb mozdulatokkal löködsz, és odasúgod közben lihegve:

– Alig vártam, hogy benned legyek.

Ahogy így löködsz, érzem, mindjárt elélvezek. Ne hagyd abba, kérlek, erősen dugjál meg, még mélyebben, kérlek! És megrándulok, sóhajtok, lihegek, ott vagyok. Érzed, ahogy lüktet a puncim.

Megfordulok, hanyatt fektetlek, és beleülök. Elkezdek mozogni, határozott mozdulatokkal le-fel, előre-hátra, közben fogod a kezem, kitámasztva engem, és élvezed, ahogy bennem vagy. Egyre gyorsabban lihegsz, érzem, keményedsz bennem. Rád fekszem, oldalt kiemelem a lábam, ahogy szereted, és gyorsabban mozgok le-fel.

– Úristen, de jó! – mondod.

Érzem, mindjárt ott vagy, és én is felizgultam újra. Együtt érkezünk a csúcsok csúcsára hatalmas sikítással, nyögéssel. Átkarolsz, én mellkasodon pihenek meg, míg légzésem helyre áll. Akkor melléd csúszom, átkarollak, fejem válladra teszem, kicsit megpihenünk, közben elmeséled, milyen napod volt, én pedig elmondom, hogy főztem csirkepaprikást nokedlivel, és uborkasaláta van hozzá, mert tudom, nagyon szereted.

– Gyere, édes, együnk pár falatot!

Tizenkettedik történet

Cirógatós, csókolgatós ébredés.

Már délután van, nemsokára hazaérsz. Mondtad, ma korábban végzel. Korán ébredtem, jógaóra is volt, kicsit kimerültem, ezért eldőltem a kanapén. El is szunyókáltam tusolás után.

Mikor hazaérsz, én még ott fekszem a hasamon, kicsit oldalra fordulva, lábam feltettem a párnára, mert így kényelmesebb volt, a másik lábam kinyújtva. Egy kis lenge, átlátszó felső van rajtam, és a tanga bugyim.

Ahogy beérsz a szobába, látod, alszom. Közelebb lépsz, megpuszilsz, és gyorsan elmész tusolni, hogy kicsit felfrissülj, majd amikor végeztél, odaülsz a lábamhoz, az öledbe veszed, és elkezded simogatni, miközben végigmérsz, ahogy fekszem. Fenekem kicsit kilátszik a felsőm alól, ahogy oldalt fekszem. Elindulsz ujjaiddal felfelé a lábamon, simogatsz, és ahogy a popómhoz érsz, bal oldalról meg is simogatod. Odahajolsz, és nyomsz rá egy csókot.

– Szia, édes, itt vagyok – súgod oda.

Megébredek, érzem a testemen a kezed érintését. Meg mozdulok, kicsit megsimogatom kezed. Simogatod a fenekem, felfelé a derekam, majd ismét lefelé haladsz, elidőzve a popómnál. Beljebb nyúlva puncim felé simítasz. Beleborzongok az érintésbe, és fel is ülök. Átkarollak, nyomok egy csókot a szádra, és az öledbe ülök így, a kanapén. Érzem, férfiasságod mereven ágaskodik már, ahogy megkívántál. Öledben ülve csókollak tovább, átkarolva nyakadat, te pedig már derekam, hátam simogatod, és közben nyomod puncimhoz a farkadat.

Feljebb emelkedem, félretolod bugyimat, és már csusszansz is belém hangos sóhajtással. Elkezdek mozogni rajtad, miközben ölellek, és te is engem. Fenekemet markolod és emeled felle, segítve mozgásomat. Hangosan nyögdécselünk mind a ketten a gyönyörtől. Lassan felemelkedsz, és így, ebben a pózban óvatosan leteszel a szőnyegre hanyatt fekve. Kicsit fölém hajolsz, végignézel rajtam, megpuszilod hasamat. Az erkélyajtó nyitva van, érezni a friss levegőt, szellőt a bőrünkön. Terpeszbe nyitod lábaimat, fejedet közéjük helyezed, és nyelveddel kezded kényeztetni puncimat, miközben ujjadat is betolod, és mozgatod, nagy örömöt okozva nekem. Férfiasságod keményen áll: kívánsz nagyon, ahogy látod, érzed: vonaglok a gyönyörtől, amit okozol nekem.

Fejedet, vállaidat simítom, ahol elérlek. Légzésem szaporább, ezért abbahagyod, és feljebb haladsz csókjaiddal hasamon. Rám fekszel, belém hatolsz hangos sóhajjal, és így mozogsz tovább, én pedig feneked markolom és húzlak magamhoz, hogy még mélyebben legyél bennem. Löködsz keményen, elöntött a vágy teljesen. Azután feltérdelsz, megemeled fenekem, így tologatsz tovább, miközben én csiklómat simogatom, te pedig nézed, és azt, ahogy ki-be jársz bennem. Még jobban felizgulsz a látványtól – érzem, ahogy keményedsz bennem egyre jobban. Hamarosan a csúcsra érek, érzem. Oda is súgom neked:

– Abba ne hagyd,!!

Így, ahogy egyre gyorsabban mozogsz lihegve, nyögve, én is nyögdécselek, és hatalmas rándulással okozod nekem az orgazmust. Hüvelyem lüktet, érzed, megérkeztem. Még gyorsabban mozogsz, hangosan lihegsz, lélegzésed szapora. Mozgok én is veled együtt, és hatalmas lökéssel érkezel meg te is. Bele is remeg a tested, rám fekszel és átölelsz, odasúgva:

– Annyira kívántalak már.

Így fekszünk egy darabig. Cirógatom hátadat, s lassan érzem, kicsusszansz belőlem. Oldalamhoz fekszel, így simogatsz tovább, és én is cirógatlak téged. El is szunyókálunk kicsit, és amikor megébredünk, kiengedem kádba a friss vizet.

– Gyere, édes, menjünk fürödni – mondom neked.

Felhúzlak a szőnyegről, és elindulunk a fürdőszobába. Belelépünk a kádba, már újra csókolózva, ölelve egymást...

Tizenharmadik történet

Cirógatós, csókolgatós ébredés.

Ma te keltél előbb.

Korán elaludtál, korán ébredtél, én melletted fekszem hason, még alszom. Megpuszilod hátamat, kezemet, és elindulsz a fürdőszobába, hogy letusolj.

Megébredek, tapogatom kezemmel az ágyikót és érzékelem, nem vagy ott. Lassan felülök, és hallom, ahogy a víz folyik a zuhanyból. *Fürdesz* – gondolom magamban, és összeszedve magam elindulok kifelé a szobából. Ahogy közeledem a fürdő felé, már biztosan tudom, ott vagy.

Megállok az ajtóban és látom, ahogy a zuhanyrózsa alatt állsz, kezeddel megtámaszkodva a falon, kicsit előre dőlve, fejed lehajtva, a tarkódra engedve a vizet, ami csordogál le egész testeden. Nem hallod, hogy belépek; szemed csukva, élvezed a víz simogatását a bőrödön.

Megnyitom a zuhanyajtót, és bemegyek én is. Átkarollak hátulról, ráteszem fejem a hátadra, és meg is puszilgatlak.

– Jó reggelt, szívecském – mondom neked, és te is jó reggelt kívánsz nekem. Nem mozdulsz még, élvezed, ahogy hozzád simulok. Elzárod egy kicsit a vizet, már csak épp csordogál.

Így, ebben a helyzetben maradva megsimogatom mellkasod, hasad, és közben puszilgatom hátadat. Bal kezeddel hátranyúlsz, megcirógatod derekam, ahol elérsz, és élvezed a csókjaimat a testeden. Kezem halad lefelé, érzem, férfiasságod már megkívánt: keményen ágaskodik. Végigsimítom rajta a kezem. Azután elengedlek, leveszem a kis polcról a tusfürdőt, és elkezdem testedre kenni és le-fel haladva, érzéki simogatással. A fenekednél kicsit elidőzöm, be is nyúlok combod belső részéhez, és haladok lefelé lábadon, aztán leöblítelek vízzel. Eközben megfordulsz, átkarolsz, magadhoz húzol, és vadul megcsókolsz, annyira elöntött már a vágy. Érzem, légzésed szapora.

Átveszed tőlem a tusfürdőt, és elkezded felvinni a bőrömre. A nyakamtól haladsz lefelé, simogatsz körkörös mozdulatokkal. A mellemhez érve meg is markolod kicsit, de csak óvatosan, érzékien, és haladsz lefelé. A hasamat is bekened... puncim, combom, a fenekemhez is hátranyúlsz, meg is markolod, aztán leöblítesz a friss vízzel. Élvezem a kényeztetést, át is adom magam az érintésnek. Visszarakod a zuhanyrózsát, csordogál belőle a víz a hátadra. Szemben vagy velem és simogatsz, újra a nyakamtól indulva lefelé. Ahogy megsimogattál, elkezdesz puszilni is a nyakamon, kezed pedig elindul testemen. Ujjaid érzékien lépkednek a bőrömön, bele is borzongok, annyira jó. Érzem, elönt a vágy.

Leérsz puncimhoz, és elkezded simogatni csiklómat, majd ujjaiddal belém hatolsz, miközben csókolsz. Mozgatod bennem ujjadat, és közben erősen tolod rám a csípődet. Érzem keménységed, kezembe is veszem, és elkezdem mozgatni előre-hátra, miközben puncimat izgatod, és csókolsz még mindig. Aztán nekitolsz a falnak, felemeled bal lábam és belém hatolsz vadul, mert már annyira elöntött téged is a vágy. Lihegve kezdesz mozogni bennem. Jobb kezeddel tartod lábam, én átölellek a nyakadnál, felhúzom a másik lábam is a derekadra, így jobban oda tudsz passzírozni a falhoz, és keményen tologatsz. Csókolsz közben. Érzem, ahogy egyre keményebb vagy bennem. A fenekemet tartod alulról, széthúzva kicsit, nagyobb örömöt okozva, én pedig derekadon a lábaimmal ölellek át. Légzésed szapora; érzem, mindjárt a csúcsra érsz, ezért lecsúsztatom lábamat, megfordulok, kicsit előrehajolva megtámaszkodom a falon, terpeszbe teszem lábaimat, te pedig végigsimogatva fenekem hatolsz belém hátulról. Kicsit rám hajolva, bal kezeddel csiklómat izgatva tologatsz. A kéjtől borzongva érzem, pár pillanat és a csúcsra juttatsz, ne hagy abba, kérlek...

Egyre gyorsabban mozogsz, lihegésedből érzem, ott vagy már te is. Nagyobb, mélyebb lökésekkel dugod a puncim, bele remegek a gyönyörbe, amit okozol, és hangos sikítással adom a tudtodra: hatalmas orgazmust okoztál. Lüktetek, ez még jobban felizgat téged, és 2-3 lökéssel élvezel te is belém. Beleremegsz, érzem, ahogy rándul a tested, folyik végig lábamon a nedved. Aztán lassan kicsusszansz belőlem, leöblítjük egymást, visszamegyünk az ágyba, és kicsit megpihenünk egymás karjaiban.

Tizennegyedik történet

Csókolgatós szép reggelt, szívecském. Hú, de jó lenne már érezni, ahogy húzol magadhoz, és érzem a lágyékod keménységét, ahogy kívánsz, szapora a légzésed közben, és sóhajtozol.

Gyere gyorsan, szeretgess meg, mielőtt felébred mindenki!

Kellemesen fúj a szél, a Balaton csendesen hullámzik. Kinézek az ablakon, aztán megfogom a kezed és kihúzlak ágyból, s kisétálunk a partra.

Átölelve egymást csókolózunk. Lehúzod kis hálóingem pántját lassan a vállamról, simogatsz közben, míg a homokba ér. Kilépek belőle, s már meztelenül simulok hozzád. Cirógatlak és csókollak. Kicsit elfordulsz, leteríted a törölközőt, és óvatosan hanyatt fektetsz rajta. Rám fekszel, lábaim terpeszben, hátamat karolod alulról, és csókolgatsz tovább, a hajnali friss levegőt élvezve egymás karjaiban. Átkarollak én is, hátadat, fenekedet simogatom, teljesen felizgultam, és érzem, férfiasságod kőkemény. Alig várom, hogy belém hatol. Helyezkedem is, hogy belém tudj csusszanni. Hangos sóhajtással adom tudtodra, milyen örömöt okozol vele. Mozgok alattad, és te is határozott mozdulatokkal tologatsz, miközben már nyakam csókolod lihegve... elöntött a vágy.

Felemeled jobb lábam, feljebb tolod, erőteljesebben tologatsz kicsit oldalra fordulva, én így hozzáférek puncimhoz és simogatom, te pedig gyönyörködsz benne, még jobban megkívánva engem. Kicsusszansz belőlem, fejedet lábam közé teszed, és nyelveddel kényeztetsz tovább. Ujjaidat puncimban mozgatod. Én vonaglok a gyönyörtől, amit okozol nekem. Fel is juttatsz a csúcsra percek alatt, beleremegek a hatalmas orgazmusba. Pár pillanatig maradok még, aztán négykézlábra állok, hogy tudj jönni hátulról. A fenekemet markolva, gyors mozdulatokkal tologatsz, lihegsz, sóhajtozol. Érzem, ahogy keményedik farkad bennem. Gyorsan mozgok én is, és hallom, érzem, megérkeztél. Beleremeg a tested a gyönyörbe, hátamra simulva is érzem, kettőt-hármat rándulsz még. Lecsúszom, hason fekszem, te pedig rám simulsz, így pihensz meg, aztán besétálunk a vízbe, kicsit felfrissülünk, és kézen fogva visszasétálunk a házba.

Tizenötödik történet

Mikor kinyitod a szemed, odahajolok, adok egy puszit az arcodra, megsimogatom, és odasúgom:

– Jó reggelt.

Te is adsz nekem: magadhoz húzol, átölelsz, és viszont kívánsz nekem jó reggelt.

Megcirógatlak, végig simogatom a tested, meg is csókolgatom, aztán odasimulok hozzád teljesen, hogy érezzem a tested melegét, és élvezzem az ölelésed, amit olyan régóta vártam. Ahogy te hanyatt fekszel, én rajtad, és így maradunk ölelkezve egy darabig. Hátamat simogatod és a hajamba is beletúrsz. Megsimogatod fejemet is, aztán felnézek rád, közelebb húzódom, és megcsókoljuk egymást. Abban a pillanatban elönt a vágy mindkettőnket. Érzem, hogy férfiasságod kemény a hasamnál. Már a fenekemet markolod, ahogy terpeszben fekszem rajtad és csókollak. Magadhoz húzol szorosan, én jobb kezemmel simítalak, ahogy elérlek. Lejjebb csúszom, szép lassan csókolgatva testedet, örömöt okozva neked, és férfiasságodhoz érve megpuszilom, kezembe veszem, meg is nyalogatom, számmal kényeztetem. Kőkeményen ágaskodik, várva, mikor hatolhat szép puncimba.

Te sóhajtozol a kéjtől. Azután haladok lefelé csókjaimmal egészen a lábfejedig, ott kicsit felülök, és visszafelé indulok, ujjaimmal lépkedve lábszáradtól, fel. A térdedet, combod belsejét cirógatom, majd a hasad alatt, a mellkasod... ezután terpeszbe teszem lábam és magamba vonlak. Mozgok egyenletesen, hangos sóhajtással, élvezve, hogy bennem vagy.

Derekamat fogod és nyögdécselsz alattam, én pedig odahajolok, megcsókollak, és rád fekszem. Lábamat kinyújtva mozgok tovább. A gyönyör érzése járja át testünket; rég nem szeretkeztünk. Azután megfordulok, hátammal simulok rád, fejem a válladon nyugszik, terpeszben magamba fogadlak ismét, te pedig csiklómat izgatod, egyenletesen mozgunk. Ah, de jó! Ahogy mozogsz bennem és izgatsz, mindjárt elélvezek. Majd félrelöksz, óvatosan fölém kerekedsz, lábaimat nagy terpeszbe teszed, elölről hatolsz belém. Tartod magad bal kezeddel, jobb kezeddel puncimat simogatod, és erőteljes mozdulatokkal tologatsz. Nyögdécselek alattad a kéjtől. Pár perc után rándulok és lüktetek, te hangosan sóhajtozol, ahogy érzed, az orgazmusig juttattál, és gyorsan mozogsz tovább. Érzem, egyre keményebb vagy bennem, és hatalmas lökéssel érkezel a csúcsra, rándulsz, beleremegsz, aztán rám simulsz, megpihenve kicsit meg is csókolsz. Érzem, kicsusszansz belőlem, forró nedved folyik a combomon.

Odasúgod:

– Csodás volt, édes.

– Bárcsak mindennap érezhetnénk! – válaszolom. – Megyek, szívecském, megeresztem a vizet, menjünk fürödni. Gyere, ott várlak.

Tizenhatodik történet

Szép reggelt, szívecském.

Gyere velem a mesevilágba!

Este van már, nemrég ment el vendégem, épp a szobát rakom rendbe, mikor belépsz az ajtón.

– Szia, édes, megjöttem.

Én is kiköszönök neked:

– Szia, szívecském, milyen napod volt?

Te beljebb jössz, megölelsz, és odasúgod:

– Fárasztó, de már jobb is, ahogy átölelhetlek.

– Menj, tusolj le, édes aztán megsimogatlak a masszázságyon, mert tudom, úgy szereted.

– Épp akartam kérni, olyan jó lenne, imádom az érintésed – válaszolod.

Pár perc múlva már meg is érkezel, és elfekszel kényelmesen, hason az ágyon.

Elkezdelek simogatni a talpadtól indulva, kicsit masszírozva is a lábad a fárasztó nap után, és haladok felfelé a vádlidon, combodon, a fenekedet is meggyúrom kicsit, azután a derekad, hátad. Azután odahajolok, adok gyógypuszit a válladra, és megcsókolgatom nyakadat, fejedet, most már simogató érintésekkel közben hátadon, derekadon.

Haladok lefelé csókjaimmal a hátadon, már a combodat érintve, simítva érzékien, épp csak lépkedve ujjaimmal testeden. Odaérek a fenekedhez, lejjebb csúsztatom kezem, és érzem férfiasságod merevségét, ahogy érintéseimre reagált. Fel is izgulok már én is. Visszafelé haladva csókolgatom a hátadat, simogatlak, és belecsókolok a füledbe, közben kicsit megharapdálom. Ki is ráz a hideg téged, annyira felizgultál már.

Megfordulsz, elölről is simogatlak, most már a szádat csókolom, és haladok lefelé ujjaimmal a hasadon, míg férfiasságodhoz érek. Kezembe veszem, és mozgatni kezdem fel-le, majd csókjaimmal odaérve csókolom meg nyalogatom, számba veszem, úgy kényeztetlek. Azután a combodat csókolom, te pedig felülsz, hirtelen mozdulattal magadhoz szorítasz, megcsókolsz, leszállsz az ágyról, mögém jössz, és lehúzva bugyimat nyalogatod, csókolgatod fenekemet, majd puncimat hátulról, ahogy lehajoltam az ágyra, terpeszben a lábaim. Felizgultam teljesen, belém is hatolsz hangos sóhajtással.

– Hű, de kívántalak! – mondod.

Így tologatsz egy darabig, aztán megfordulok. Felültesz az ágyra, lábaimat terpeszbe teszed, így hatolsz belém elölről. Én hátrafelé támaszkodom kezeimmel. Ahogy tologatsz, csiklómat is simized. Ah, micsoda gyönyör! Majd odahúzlak, vadul csókolózunk, közben erőteljes mozdulatokkal löködsz. Azután kicsusszansz belőlem, leszállok az ágyról, kezembe veszem farkad, és határozott mozdulatokkal mozgatom kezem előre-hátra, miközben csókolózunk. Azután előrehajolok az ágyra és belém hatolsz hátulról, én közben csiklómat simizem. Már majdnem elélvezek, annyira jó, és határozott, gyors mozdulatokkal tolom rád fenekem, te pedig gyönyörködsz, ahogy ki-be jársz bennem.

Pár perc és a csúcsra érkezem, és érzem, te is ott vagy, ahogy rándulsz, lihegsz, beleremegsz. Rám hajolsz, hátamon megpihensz kicsit derekamat átkarolva. Érzem, ahogy kicsusszansz belőlem; meleg nedved folyik le a combomon.

Óvatosan felállok, feléd fordulok, megcsókollak.

– Gyere, édes, tusoljunk le, és aztán készítem a vacsorát. Köszönöm, hogy megszeretgettél és mondom neked.

– Köszönöm, hogy megsimogattál, megszeretgettél, hogy átélhettem veled a gyönyört ma is.

Tizenhetedik történet

Jó reggelt, csókolgatós ébredést!

Kora délután van. Arra gondoltam, megleplek süteménnyel, mire hazaérsz, de előbb érkezel, mint vártalak. A konyhában sertepertélek. Mivel nagyon meleg van, ezért csak a köténykém van rajtam, meg a tanga bugyim. Hajam feltűzve, a karom is lisztes kicsit. Belépsz és köszöntesz:

– Szia, szépségem, mit csinálsz?

– Hát épp neked meglepetést. Azt hittem, később jössz – válaszolom.

– De édes vagy! – mondod, és átkarolsz hátulról. Megpuszilod a nyakam és megkukucskálod, mi készül. Én megfordulok, és a tejszínhabos zacskóból nyomok az orrod hegyére és nagyot kacagunk. Azután odahajolok, érzékien le is nyalogatom rólad. Elmész gyorsan kezet mosni, és már ott is vagy újra. A pólód nélkül, csak úgy, pucéron karolsz át, én pedig a válladra is nyomok a tejszínhabból, amit lenyalogatok, csókolva téged. Megfogod a fenekem, meg is markolászod, miközben odasúgom neked pajkosan:

– Így nem készül el a süti.

Megfordítasz a pult felé, és felemeled a lábam, felrakva a pultra, és már csókolgatod is a fenekemet. Érzem, megkívántál, és már belém is hatolsz. Tologatsz hátulról, nagyokat nyögdécselve. Kikötöd kötényem, le is hullik rólam a padlóra, majd kicsusszansz belőlem, megfordítasz magad felé, én átkarolom a nyakad, a derekadra rakom lábaimat, és már viszel is a kanapéra. Óvatosan lefektetsz, és csókolgatod a mellem, a hasam. A puncimhoz érve nyalogatod, becsusszantod ujjaidat, úgy izgatsz tovább. Ah! El is élvezek hamarosan hangos sóhajokkal. Akkor felültetlek a kanapéra és ágaskodó farkadra csusszanok, te a derekamat fogod. Egyenletesen kezdek mozogni, ahogy bennem vagy, közben vadul csókollak. Azután óvatosan hanyatt fektetlek, és lovagollak tovább érzékien, határozott mozdulatokkal. Érzem, milyen kemény vagy bennem.

– Lassabban, édes – kéred, de én nem hagyom abba: a csúcsok csúcsára akarlak vinni. Folytatom tovább. Oldalra kirakom a lábam, fel-le mozgok, míg érzem, ott vagy, jössz már hangos nyögéssel, sóhajjal, beleremegve az orgazmusba. Rád hajolok, átkarollak, így pihenünk meg kicsit, míg érzem, kicsusszansz belőlem, nedved folyik le, érzem forróságát. Szép lassan melléd fekszem. Így vagyunk egy darabig még egymás karjaiban, aztán letusolunk, és indulunk a konyhába, hogy együtt fejezzük be a sütikészítést.

Megkóstolod és odasúgod:

– Ez nagyon finom lett, köszönöm, édes.

Tizennyolcadik történet

Gyere, fogd meg a kezem, hunyd be a szemed, majd én vezetlek.

Gyönyörű szép reggelünk van. Elutaztunk, és már ébren vagyunk az éjszakai szeretkezések után. Az ablak felé fordulva a végtelen szép tenger látványa tárul elénk. Az ablak nyitva, érezni a hűs szellőt, ahogy átjárja a szobát.

Baldachinos ágy van nekünk, nagyon romantikus, hófehér, körben csipkézett zöld és rózsaszín virágokkal. Összebújva, átkarolva egymást fekszünk az ágyon. Simogatlak, és te is cirógatsz engem. Milyen jó így ébredni, egymás karjaiban! Megpuszilgatlak, és kibújok mellőled. Odasúgom: – Főzök kávét, gyere majd, édes.

Mire kijössz a konyhába, én már kész is vagyok a finom kávéval, és a csészénket megfogva kiülünk a teraszra elkortyolgatni.

Hintaágy van kint, abba gömbölyödünk bele egymás mellé. Nézzük az elénk táruló szép látványt, a tengert és a fehér homokos partot. Pálmafák egymás mellett...

– Mit szeretnél ma csinálni, szívecském? – kérdezed tőlem.

– Hát, nem is tudom – felelek –, de esetleg elmehetnénk kicsit kirándulni, este pedig vacsorázni valahová, ha van kedved, ahol táncolni is tudunk.

– Rendben, jó ötlet – feleled. Össze is készülünk és elmegyünk kikapcsolódni. Nagyot kirándulunk, majd hazaérve letusolunk, és indulunk a táncos helyre, ahol vacsorázni is fogunk.

Ahogy odaérünk, ki is derül a turpisság: te már foglaltál asztalt, mert tudtad, ezt szeretném majd: a táncot, veled.

– De édes vagy! – súgom oda. A ruha, amit felvettem, épp passzol is ehhez az estéhez: felül szűk, a csípőm alatt fodros. Magas sarkúval húztam fel, hajam kontyba raktam a tarkómnál. Egzotikus, mediterrán látványt nyújtok, te pedig fekete nadrágot, selyem inget húztál.

Elfoglaljuk helyünket, megesszük a vacsoránkat. Kivételesen iszom veled egy pohár pezsgőt és azután, ahogy meghallom a zenét, végigfut rajtam a libabőr, érzem a lábamban, testemben a ritmust. Salsa szól: páran már táncolnak. Rám nézel és megkérdezed:

– Hölgyem, táncolna velem?

Én pedig örömmel igent mondok.

Hatalmas táncparkett áll a rendelkezésünkre.

Szemben állunk egymással, és elkezdünk mozogni. Én a jobb lábammal lépek, te a ballal előre-hátra, azután az oldallépés, és keresztben, csípőm ring a zene ritmusára. Közelebb húzol magadhoz, már összeér testünk, így mozgunk a zenére. Ki is pörgetsz, aztán visszahúzol magadhoz. Fölém hajolsz, mintha le akarnál tenni a parkettra, de tudom, ez a tánc része. Hajlik a derekam, fejem hátrabiccentem, és te közben a nyakamat is megpuszilod. Elönt a vágy. Azután felhúzott lábam a derekadon, a másik lent, szinte spárgában vagyok, kezem nyújtva, a másik félig hajlítva, így fordítasz ki. Már mindenki minket néz, gyönyörködve benne, mennyire érezzük egymás testét, szikrázik a levegő körülöttünk. Ahogy vége a salsának, egy lassú zene következik. Átkarolsz, magadhoz húzol, csípőnk összeér, és egymáshoz simulunk. Most már csókolózunk is, teljesen átadva magunkat a zenének. Tolod lágyékod a csípőmhöz, érzem, megkívántál. Én is téged, szinte borsózik a bőröm. Odasúgom:

– Menjünk, édes, nem bírom tovább.

– Siessünk haza, akarlak nagyon – válaszolod.

Beérve a házba letéped rólam a ruhám, magadról is ledobálod, és vadul az ágyra dobsz. Rám fekszel, csókolsz, és már csusszansz is belém. Ez a szenvedély, vágy… Úristen, de jó! Csókollak én is vadul.

– Nem tudom, meddig bírom, nagyon kívántalak, édes – súgom oda neked, te pedig gyorsan mozogsz rajtam. Lihegsz, nyögsz a gyönyörtől. Felhúzom a lábam, hogy jobban bennem legyél, s hamarosan a csúcsra érkezünk mind a ketten. Érzem, ahogy megremeg a tested, én lüktetek. Nem bírtuk sokáig, de ez egy vad, szenvedélyes együttlét volt. Érzem, ahogy kicsusszansz belőlem, forró nedved folyik a combomon. Megtörölgetsz, mellém fekszel, átkarolsz, megpuszilgatsz.

– Köszönöm ezt a szép estét, szívem – mondom neked.

– Minden veled töltött perc ajándék nekem – válaszolod.

– Igen, és amikor mi ketten vagyunk, mindegy, mikor, meddig az csak a miénk.

Kicsit el is szundítunk összebújva, és amikor megébredünk, újra cirógatjuk, szeretgetjük egymást: ez a szenvedély, vágy kiapadhatatlan.

Tizenkilencedik történet

Már nagyon várlak. Meg is érkezel, s ahogy belépsz az ajtón, repülök a karjaidba. Annyira hiányoztál!

Te is ölelsz, csókolsz, majd ráfordítod a kulcsot. Gyorsan elmész kezet mosni, és jössz is vissza. Vadul csókolózunk, ölelkezünk, simogatod a testem.

A szoba felé lépkedve rátolsz a falra, egyik kezeddel nekinyomsz, a másikkal simogatsz, közben csókolsz.

Én is simogatlak, és ahogy hátadtól lefelé haladok a derekadat simítva, szépen lassan becsúsztatom kezem a nadrágodba. Érzem már férfiasságod keménységét. Ki vagyunk éhezve egymásra. A kezembe veszem, és elkezdem mozgatni, miközben még mindig vadul csókolózunk és sóhajtozunk.

Te is leértél már a puncimhoz, félretolod bugyimat, és már csúsztatod is ujjadat. Érzed, mennyire kívánlak, még jobban elkap a hév. Rám tolod lágyékodat teljesen, úgy ölelsz magadhoz, majd megfordítasz, háttal simulok hozzád, a zene halkan szól, ritmusára mozgunk együtt, mintha táncolnánk. Karommal a fejedet simítom, te a mellem simogatod, és haladsz lefelé hasamon, miközben ring a csípőnk egymáshoz simulva.

Így lépkedünk lassan a szoba felé. Ott ledobsz az ágyra, lehúzod a bugyim, fölém hajolsz, csókolsz vadul, csusszansz is belém, mert nem bírod tovább: alig vártad, bennem legyél. Gyorsan, vad érzékiséggel mozogsz bennem, miközben csak csókolsz. Mióta vártuk ezt a pillanatot... bár sose lenne vége! Hamarosan a csúcsra érünk mind a ketten, kielégülve. Kicsit meg pihenünk egymás karjaiban, aztán simogatni kezdelek: mellkasod, hasad, és haladok lefelé. Izgatom farkadat, míg érzem, megkívántál újra, és én is téged.

Föléd kerekedem, számmal kényeztetlek, kezemmel simogatlak, te közben puncimat ujjazod. Érzed nedvességem, már hangosan sóhajtozol. Én rád fordulok, beleülök, és mozgok is már úgy, ahogyan szereted, átélve a gyönyört. Azután rád fekszem, lábam oldalra rakom, úgy mozgok le-fel. Alig bírod tartani magad, annyira imádod, ahogy ezt csinálom. A gyönyör kapujába érkezel, akkor kifordulsz alólam, jössz a hátam mögé. Én pucsítok neked, belém is hatolsz rögtön, és határozott mozdulatokkal tologatsz, kéjesen nyögdécselve, simogatva engem. Én a puncimat simogatom. Ah, micsoda gyönyör! Toljál, édes, toljál, keményen, jó mélyen, annyira kívántalak már!

És ahogy simogatom magam, te pedig tologatsz, érzem, ott vagyok mindjárt az orgazmus kapujában. Gyere, édes, te is, menjünk-érkezzünk együtt! Kemény, határozott mozdulattal löködsz, érzem, ahogy keményedsz bennem, és igen, megérkezünk együtt. Rándul a tested, beleremeg, én is sikítok, kiráz a hideg, lihegünk. Ráfekszel a hátamra, míg ki nem csusszansz belőlem. Megtörölgetsz, és odafekszel mellém, át karoljuk egymást ismét, cirógatsz, simogatlak, beszélgetünk a két menet után kielégülve. Kicsit később fáradtan megeszünk együtt egy sütit, bekenem a hátad, kicsit megmasszírozom, megpuszilgatom a vállad. Lassan menned kell. Ez a legrosszabb; mikor búcsúzni kell.

De tudjuk, nemsokára itt a következő találkozó, amikor csak egymáséi vagyunk.

Huszadik történet

Ma kihajózunk.

Szabadságon vagyunk, az idő is gyönyörű, elutaztunk a Balatonra és ott töltünk pár napot.

Hajónk bent áll a kikötőben. Amikor itt vagyunk, nem kell szálloda sem, mert rendelkezésünkre áll minden a hajón: szoba, konyha, fürdő. Ilyenkor beköltözünk, és élvezzük a pihenést.

Reggel indulunk, hogy elkerüljük a nagy forgalmat, a bőröndöket már este bekészítettem, minden elpakolva.

Hamar le is érünk.

Felpakolunk a hajóra, berendezkedünk, és már indulunk is, hogy napozzunk, fürödjünk a Balaton közepén.

Mikor kellő távolságban vagyunk a parttól, lehorgonyozzuk a hajót.

Szikrázóan süt a nap, kis szellő fújdogál, de a víz tükre sima, áttetsző. Csodás látványt nyújt.

Kiviszem törölközőket, és leterítem a kis helyünkre a hajó orrához, ahol sütkérezni fogunk.

Meztelenek vagyunk, senki nincs a közelben, így élvezzük a nap sugarait és a lágy szellőt.

– Szívecském, kihoznád a napolajat? Be kellene kennünk magunkat, nehogy lepiruljon a bőrünk… – mondom neked.

– Mindjárt hozom, édes – és indulsz is érte. Pár perc múlva a kezedben az olajjal vissza is térsz, és átnyújtod nekem.

Nyomok a tenyerembe belőle, és elkezdelek bekenni. Háttal állsz nekem. A nyakadtól indulva, érzéki simításokkal felviszem a bőrödre, és körkörös mozdulatokkal kenegetlek. Haladok lefelé a hátadon, a derekadat simítom, aztán a fenekedet, lábaidat kenem. Még locsolok tenyerembe az olajból, hogy jobban csússzon a kezem, könnyebben kenjem.

Megfordulsz, és kérsz te is az olajból a kezedbe.

– Én is bekenlek, édes – mondod nekem.

Szemben állva egymással indulok a nyakadtól lefelé. Te is így kezdesz beolajozni engem. Meg is csókoljuk egymást, ez sosem maradhat el.

Haladok lefelé a mellkasodon, kicsit elidőzve bőrödön, és élvezem a kezed érintését a mellkasomon, ahogy felvitted az olajat a testemre. Érzékien simogatsz te is.

Ahogy szemben állunk egymással, látom férfiasságod merevedését... megkívántál, ahogy én is téged.

Haladok lefelé olajos kezemmel, könnyedén csusszan a bőrödön. Bekenem lábadat is, és visszafelé haladok. már szemben állok veled újra, és te is kened a hasam, lábam, majd felállsz.

Magadhoz húzol, egymáshoz simulunk, a halk zene hallatszik a szobából, amit bekapcsoltál. Romantikus hangulat uralkodik körülöttünk.

Lassan ring testünk a ritmusra, és olajos testünkkel könnyedén simulunk egymáshoz, kicsit csúszkálva az olajtól.

Izgató érzés. A hátadat simítom lefelé, a fenekedhez érve meg is markolászom. Te is simogatsz engem, közben vadul csókolózunk.

Azután kezemmel mellkasodat simítom, kicsit eltolva magam tőled, hogy hozzád férjek, és kicsit leguggolva férfiasságodat kezdem puszilgatni. Te állsz előttem, és élvezed a látványt, ahogy a számba veszem farkad, és kényeztetlek.

– Édes, ez nagyon jó, micsoda gyönyör! – mondod.

Érzem, hogy egyre keményedsz, így abbahagyom, és felállok. A kezemmel kényeztetlek tovább. Miközben csókolózunk, érzem, ujjaid lépkednek lefelé testemen, és a puncimhoz érve már csusszannak is belém.

Ah, micsoda gyönyör! Azután lassan lépkedve hajó oldalához támasztasz.

Már vadul csókolsz, tologatod lágyékod a csípőmhöz.

Felemelem bal lábam, a derekad köré fonom. Te a kezeddel tartod, és már csusszansz is belém, határozott mozdulatokkal kezdesz tologatni.

Én a nyakadat karolom, és csókollak a vágytól teljesen elalélva.

Légzésed szapora: nagyon kívántál. Lihegsz, ahogy tologatsz.

Fejed a nyakamnál, a vállamon nyugszik, így löködsz egyre erőteljesebb mozdulatokkal.

Azután mindkét lábam a derekad köré fonódik, nyakadba kapaszkodom. Te tartod lábaimat, nyomsz a falnak, és löködsz. Érzem, lassan a csúcsra érkezel, ahogyan én is.

– Annyira kívántalak, szívem! – súgod oda lihegve a fülembe.

– Toljál, édes, toljál! – mondom neked. – Abba ne hagyd!

És pár pillanat után rándul a testünk, lüktetek, te pedig beleremegsz a gyönyörbe, érzem.

Lassan leteszed lábaimat. Érzem, ahogy forró nedved folyik a combomon. Megcsókollak, és megfogom a kezed.

– Gyere, édes, tusoljunk le!

– Ez nagyon jó volt, szívecském – mondom neked, miközben beállunk a zuhany alá.

– Nagyon kívántalak – válaszolod.

Megmosakszunk, és indulunk vissza a törölközőhöz, hogy bekenjük egymást – most már kielégülve, és átadva magunkat a nap sugarainak hanyatt fekve, egymás mellett, kézen fogva.

Huszonegyedik történet

Ma dolgokat kellett intéznem, ezért mikor hazaérsz, csak a levélkém vár, amit hagytam neked:

„Étel a sütőben, estefelé érkezem,

csókok, szívem."

Meg is találod a finom vacsorát, amit készítettem: sült hús krumpliágyon hagymával, szalonnával, és hozzá leves.

Levetkőzöl, letusolsz, eszel pár falatot, és mivel fárasztó napod volt, kicsit elnyújtózkodsz az ágyon. El is szunyókálsz.

Már este nyolc óra körül jár, mire hazáérek. Benyitok és köszönök:

– Szia, édes, megjöttem.

Nem jön válasz, ezért leveszem a cipőm, beljebb lépek, körbenézek, és akkor látom, milyen édesdeden alszol ágyon, kicsit összegömbölyödve, az oldaladon.

Odahajolok, óvatosan nyomok egy puszit az arcodra, és indulok tusolni a fárasztó jövés-menés után.

Felveszem a kis babydollom, s kimegyek konyhába. Látom, ettél a vacsorából. Én most nem vagyok éhes, iszom egy pohár vizet, és bemegyek a szobába, mögéd gömbölyödöm, átkarollak, és élvezem a tested illatát, melegét, érzem a szuszogásod. Megpuszilgatom a nyakad, kicsit megmozdulsz, de nem ébredsz fel, csak karoddal előrébb húzod a kezem. A mellkasodnál fogod meg úgy, tartod, és halkan motyogod: – Szia, szívecském.

Én cirógatom az oldalad, hátad, és nézlek. Azon gondolkodom, milyen boldog is vagyok, hogy vagy nekem. Kedves, figyelmes... annyi rossz év után, ami boldogtalan volt, végre egy kis szenvedélyt, örömöt hoztál az életembe.

Milyen kár, hogy nem ismertelek előbb! Annyi elvesztegetett év... de nem baj, minden akkor történik, amikor itt az ideje. Ezen gondolatokba merülve észre sem veszem, hogy felébredtél és már felém fordultál, simogatva a derekam.

Közelebb hajolsz, megcsókolsz.

– Szia, szívecském – mondod újra –, milyen napod volt?

Én pedig közelebb húzódom és azt válaszolom:

– Fárasztó, de már sokkal jobb, hogy átölelsz engem.

– Gyere, kicsim, bújj ide, megcirógatlak – mondod, én pedig örömmel veszem a felajánlást. Átkarollak, lábam a derekadon nyugszik. Becsukom a szemem és élvezem az érintést, ahogy az arcomat, nyakamat, derekamat, majd lefelé haladva a fenekemet, lábamat simogatod. Nagyon finoman csókolgatni is kezdesz ugyanígy, az arcomtól indulva.

Érzem, ahogy át jár a libabőr, amikor megérintesz. Beindul tőled minden részem. Sosem éreztem ilyet, nem is tudtam, hogy létezik ilyen vágy, de te megmutattad, hogy igen. Kihoztad belőlem a *nőt*: bűntudat nélkül élem meg minden percét, amikor a szexi ribancot adom elő az ágyban, mert annyira természetes veled, neked.

Felemelem fejed, odahúzom arcomhoz, és csókollak. Szeretek veled csókolózni. Közben simogatlak; a hasadhoz érve lejjebb kúszik kezem. Férfiasságod mereven áll: már te is megkívántál, ahogy én téged. Lehúzod babydollom pántját és odasúgod:

– Bújj ki ebből, kicsikém!

Gyorsan ledobom az ágy mellé. Már meztelen vagyok, testedhez simul a testem. Puncimat simogatod, tolod belém ujjadat, s vadul csókolsz közben. Azután rám fordulsz, és belém csusszansz. Hangos sóhajjal tudatom veled, mekkora gyönyört okozol. Csókollak, és markolom feneked, húzlak magamhoz: érezni akarom mindenedet. Magamba szívom az illatodat és puszilgatom a nyakad is, te közben vadul tologatsz.

– Alig vártam, hogy újra benned legyek. Imádom a puncid, szívem – mondod, én pedig odasúgom neked:

– Szeress meg édes, ahogy csak tudsz! Annyira kívánlak!

Te pedig ezen jobban felizgulva gyorsabban, mélyebben mozogsz bennem, azután feljebb támaszkodsz, s nézed, ahogy kibe jársz bennem, én pedig csiklómat simogatom közben. A nyakamat fogod és tologatsz.

– Csináld, édes, olyan jó nézni – mondod nekem.

Teljesen elönt a vágy. Nem bírom sokáig. Megint rám fekszel, csókolsz, löködsz, lihegsz.

– Élvezz belém, édes, gyere! – lihegem oda neked.

Pár perc múlva hangos nyögésekkel érkezel meg, én halk sikkantással rándulok és lüktetek. Érzed, ahogy megérkeztem. Csurom vizesek vagyunk mind a ketten. Odasúgom neked:

– Nagyon szeretek veled szeretkezni.

Rám fekszel, simogatom a hátad, feneked, amíg elérlek így, és érzem, lassan kicsusszansz belőlem. Forró nedved folyik a puncimon fenekem felé, de nem ugrom fel, hagyom, hogy pihenj. Olyan jó ez a pillanat, ahogy rajtam vagy és simogathatlak.

Kicsit megpihenünk, és együtt indulunk tisztálkodni. Megeresztem a kádba a vizet és abban fürdünk meg együtt, utána visszamegyünk kézen fogva a szobába, lefekszünk, átöleljük egymást, és így alszunk el.

Huszonkettedik történet

Elromlott a mosógép, nagyon mérgelődöm miatta, mikor hazaérsz.

– Szia, szívem, hogy vagy? Hogy telt a nap?

Azután beljebb jössz, és teljesen nyilvánvalóvá válik számodra is, ahogy ott állok a fürdőszobában, víz mindenhol, ruhák a földön… én meg nagyon mondom a magamét.

Odajössz, át karolsz, megpuszilgatsz.

– Szívecském, segítek – mondod.

Kivesszük a mosógépet a helyéről, kicipeljük a lakásból, én gyorsan rendet rakok a fürdőben, miközben te letusolsz és átöltözöl.

Megfogod a kezem.

– Gyere, édes, hozzunk egy mosógépet neked!

Elmegyünk, meg is találjuk a megfelelőt, hazavisszük, becipeljük a fürdőszobába. Elfáradtunk; nehéz volt, de senki nem volt, aki tudott volna segíteni.

Kicsomagolod, és beállítod a helyére. Mikor kész vagy, odamegyek, megpuszilgatlak, megköszönöm, és elkezdem bepakolni a vizes földön lévő ázott szennyest a gépbe.

Kicsit lehajolva töltöm a mosógépet, mikor a hátam mögé jössz, átkarolod a derekam, és hozzám simulsz, tolod fenekemre a csípődet.

– Olyan jó látvány voltál, nem bírtam ki.

Hátranézek, és mosolygok rád.

– Annyira édes vagy – mondom neked.

Becsukom a gép ajtaját, megtöltöm tartályokat, és épp indítanám el, amikor megfordítasz magad felé. Odahúzol, vadul megcsókolsz, és kacsintva, a mosógépre nézve megkérdezed tőlem:

– Kipróbáljuk? – és már dobsz is fel a tetejére. A lábaimat terpeszbe nyitod, teljesen hozzám simulsz, és csókolgatni kezdesz a nyakamtól lefelé haladva. Lehúzod kis ruhám pántját, mellemet markolászod, csókolgatod.

Megkívántalak én is, érzem, teljesen elönt a vágy. Kibújtatsz a ruhámból, bugyimat félretolod, és miközben csókolsz, ujjaid már puncimat kényeztetik, és érzem, csusszannak is érzéki vadsággal belém. Ah, micsoda gyönyör!

Én is elindulok a testeden kezemmel. Férfiasságod kőkeményen merevedik. Kigombolom nadrágodat, lehúzom rólad. Te közelebb húzol és belém hatolsz kéjesen.

Egyik kezemmel átkarolom a nyakad, a másikkal kitámaszom magam, hogy tudjak veled egyenletesen mozogni.

Tologatsz-löködsz, lihegsz, annyira kívántál. Élvezed, hogy bennem vagy. Vadul csókolózunk, miközben ritmusra mozog a testünk, érezve egymás rezdülését.

Azután lecsúszom a gép tetejéről, s hátat fordítok neked. Egyik lábamat felteszem a mosógépre behajlítva, pucsítok neked. Belém hatolsz hátulról, kezeddel alulról csiklómat izgatod. Már majdnem a gyönyör kapujában vagyok.

– Ne hagyd abba, kérlek! Toljál, dugjál keményen, édes, jó mélyen.

És te egyre erősebb, határozottabb mozdulatokkal juttatsz a csúcsra. Lüktetek, sikítok, te is megremegsz, hangosan nyögsz. Megérkeztünk, lihegve, csurom vizesen mind a ketten.

Lassan leteszem a lábam, még kicsit előre hajolva maradok, te átkarolod a derekam, megpuszilgatod a hátam, és lassan kicsusszansz belőlem.

Megfordulok, megcsókollak, és odasúgom neked:

– Ez csodás volt, szívem.

Te pedig visszasúgod nekem:

– Amikor meglátlak, mindig megkívánlak.

Megfogom a kezed és elindulunk lefürödni. Megmosom a tested – szereted, ha kényeztetlek, mint a kisbabákat. Azután elindítom a mosást, és indulunk a konyhába, hogy elfogyasszunk pár falat étket: kivette az erőt belőlünk vad szeretkezésünk.

Azután bemegyünk a nappaliba, én az öledbe gömbölyödöm, és elmeséled a napod. Én is az enyémet, miközben élvezem, ahogy cirógatsz kezeddel.

Az érintés hatalma

Kezeid érintik az arcom, finoman kúsznak végig a homlokomtól, éppen hogy csak összeér a bőrünk. Egy kis törődés az éjszaka közepén. Nem ébreszt fel teljesen, mégis élesebb a tudatom. Két világ közt lebegek, a szó legjobb értelmében. Mosolyra húzódik a szám, de nem nyitom ki a szemem. Helyette emlékezetembe vésem a pillanatot. Te sem vagy tudatodnál, talán még annyira sem, mint én, lélegzeted ritmusából tudom hogy alszol. Mégis gondoltál rám, mégis kedves akartál lenni hozzám. Nagyon megleptél, pedig nem is tudod, mit csinálsz. Egy apró cselekedet, egy szívmelengető érzés – ez a pillanat felejthetetlen marad.

Nem akarok semmit kezdeni vele, csak beleengedem magam az érzésbe. Kezed után nyúlok, és finoman mellkasomhoz teszem, magamhoz ölelem. Így alszom tovább teljes békében.

(Az érintés hatalma, mikor szavak nélkül, tudattalanul is információt cserél a test és a lélek. Őszintén adod, és őszintén fogadod. Nem kérdezel rá másnap, nem hozod szóba, nem firtatod, a másiknak ez mit jelent, mert tudod: a pillangó is csak addig szárnyal szabadon, míg meg nem érintik a szárnyát.)

Én nagyon korán ébredek. Ahogy telik a Hold, nem tudok aludni. Fél négykor kidob az ágy. Óvatosan adok egy puszit neked, mert te még mélyen alszol.

Megiszom egy kávét, kicsit összeszedem magam, és folytatom az elemzést, aminek este nekiláttam. Mára ígértem, hogy kész lesz. Fél hatra kész is vagyok vele.

Visszabújok melléd az ágyba.

Eléd gömbölyödöm kiflibe, kezedet magam elé húzom, megpuszilom, úgy alszom vissza.

Fél nyolckor ébredek fel újra. Megfordulok, megpuszilom az arcod, kezed újra. Visszagondolok az éjszakára, milyen édes voltál, és nem is tudod. Még annál is jobban szeretlek ezért, mint eddig.

Te is ébredezel. Átkarolsz, és nyomsz egy puszit nekem óvatosan, csak úgy álmosan, félig ébren.

Én már az éjszakai események miatt nagyon szerelmes hangulatban vagyok, de nem akarlak siettetni, megvárom, míg te kezdeményezel.

Meg is simogatsz, ahogy átkarolva tartasz. A hátamat, fenekemet érinted, közben fejemet, homlokomat puszilod.

– Hogy aludtál, édes? – kérdezed.

– Jól, de korán ébredtem. Kicsit dolgoztam, és visszabújtam ide, melléd.

– Jól tetted. Szeretek úgy ébredni, hogy itt vagy velem.

Meg is csókolsz, miután ezt kimondtad, és jobban megszorítasz.

Annyira jó érzés az ölelésedben lenni! Csókolózunk, és mindkettőnket elönt a vágy. Rám fordulsz, és már hatolsz is belém. Mozogsz bennem egyenletesen, csókolsz közben, én pedig a hátadat, fenekedet simítom, markolom. Legszívesebben beléd bújnék, annyira imádok szerelmeskedni veled. Nem tudok betelni az érintéssel és a gyönyörrel, amit okozol.

Érzem, hogy te is egyre gyorsabban szuszogsz, és csiklómat is érinted, kicsit feljebb helyezkedve, közben pedig tologatsz. Hamar a csúcsra érkezünk, együtt remeg bele a testünk az orgazmusba.

Rám fekszel, átölellek. El sem engednélek sosem.

Kicsit megpihenünk, utána együtt indulunk tusolni, és meginni a finom kávét, amit már megfőztem.

✿

Eljött a szülinapom. Eltelt egy év újra – és milyen hamar! Mintha csak átléptem volna. Rohan az idő.

Ha végiggondolom eddigi 48 évemet (amit ma töltök be), hát, mielőtt megszülettem, én aztán sok mindent vállaltam ebben a földi létben.

Visszahúzódó gyermekként nőttem fel, a szeretetet már akkor is nagyon igényeltem, de adtam is mindenkinek örömmel. Már akkor is szeretetgombóc voltam, mint ma, felnőtt nőként.

Vállaltam, hogy segítek másokon – empata leszek –, és így élem az életem, lemondva mindenről: boldogságról, önmagamról, magam elé helyezve másokat.

És ez így ment hét hónappal ezelőttig, amikor lezártam második házasságomat, és elkezdtem *élni*.

Felfedezni igazi önmagam, és megélni a nőt is bűntudat nélkül.

Kicsit furcsa nekem az egyedüllét, hisz' 29 éven át mindig volt mellettem valaki. Akármilyen volt is az élet, a napi rutin – főzés, gondoskodás –, egyik pillanatról a másikra megszűnt.

Az egyedüllét nem is volt baj, inkább csak az ölelés, ami hiányzik a mindennapokban, és hogy szeressek valakit, aki szeret engem.

Kicsit elkalandoztam... szóval ma van a szülinapom.

Reggel, mikor kinyitom a szemem, nyomsz egy puszit az arcomra, és meglepődve látom, már fel vagy öltözve.

Nahát. Előbb keltél, mint én.

Eltűnsz pár percre, és egy tálcával a kezedben térsz vissza, rajta a kávémmal, süti, és egy szál rózsa vázában.

Boldog szülinapot, kicsikém – mondod nekem.

– De édes vagy! Köszönöm – válaszolok zavaromban.

– Édes, öltözz fel, szedd össze magad, megyünk el itthonról – mondod nekem.

Nagyon meleg van ma, csak kis ruhát húzok, amit tőled kaptam. Kis mini ruha, mély pink színű, vékony vállpánttal, kis fodorral az alján. Hozzá illő magas sarkú, ami szintén pink színű. A hajamat is feltűzöm, ne legyen melegem.

Egy óra múlva már úton is vagyunk.

Mikor közelítünk a helyhez, ahova viszel, gyönyörű látvány tárul a szemem elé. Hatalmas terület, szép zöld pázsittal, bokrokkal, virágokkal, és a közepén egy mézeskalács házikóra hasonlító épület áll. Mint a mesékben.

– Megérkeztünk, édesem – mondod.

– Mi ez a hely? – kérdezem.

– Ez egy elvarázsolt kastély – mondod, és kacsintasz egyet. – Gyere velem, fogd a kezem.

Belépve a házba nagy sürgés-forgás fogad. Szobalányok, pincérek, komornyiknak öltözött emberkék sietnek ide oda.

Lassan bevezetsz a szobába, és amikor odaérünk, látom, feldíszítve minden, hatalmas virágcsokrok, lufik... és mindenki ott van, akit szeretek.

– Ezt hogy intézted el? – kérdezem.

Megölelsz és azt súgod a fülembe:

– Én mindent el tudok intézni. Tudom, fontos neked a család, a barátok, ezért már időben elkezdtem a szervezést, hogy mára minden meglegyen neked.

Ott töltjük a délutánt a házikóban, de estefelé mondod, hogy mi lassan megyünk, a többiek itt alszanak.

Elindulunk visszafelé.

– Mesélted, hogy mindig rendeznek „neked" tűzijátékot, de itt még sosem láttad, ezért ma megnézzük ketten – mondod nekem a kocsiban.

Estére meg is érkezünk, elfoglaljuk helyünket a Duna mellett, és várjuk a szép tűzijátékot.

– Milyen gyönyörű! Köszönöm neked.

Miután vége, hazaindulunk.

Mikor megérkezünk, beszaladunk a házba. Igaz, kimerültünk ma, de a folyosón már egymás karjaiban lépkedünk befelé a lakásba.

Megállunk, csókolózunk, a falnak támasztva simogatsz, és azt súgod nekem:

– Már alig vártam, hogy itthon legyünk, és átéljük a gyönyört újra. Nehéz volt kibírni egész nap.

Megszorítalak, magamhoz húzlak, amennyire csak tudlak, úgy ölellek, csókollak. A lábaim már derekadon vannak, úgy simogatsz. A fenekemet markolod, simítod a ruha alatt, aztán a pántját letolva a vállamat puszilgatod.

Lecsúsztatom a kezem a nadrágod felé. Érzem, mennyire kívánsz már. Megsimogatom férfiasságodat, miközben vadul csókollak.

De nem tudunk mozdulni, ott állunk még a falnál, és élvezzük egymás simogatását.

Nagy nehezen kettő pillanatra – csak míg beérünk a szobába – abbahagyjuk, és már huppanunk is az ágyra.

Felhúzod a ruhám, úgy simogatsz, és a bugyim már a földön landol gyors mozdulattal. Én is vetkőztetlek téged, érezni akarom a meleg testedet, az illatodat, mindened.

– Alig várom, hogy bennem legyél, szívem – lihegem neked, de te még puszilgatsz, kényeztetsz, nyalod, ujjazod a puncim, én pedig kéjesen nyögdécselve élvezem a gyönyört, amit okozol. Azután rám fekszel, és csusszansz is belém erőteljes mozdulatokkal, hangos sóhajokkal. Átkarolsz, szorítasz, és keményen löködsz.

– Ah, kívánlak nagyon. Szeress, édes, szeress, ahogy csak tudsz!

És mozogsz, mozogsz. Csukott szemmel élvezed az együttlétet. Felemeled lábaimat, terpeszbe teszed, jobban feltámaszkodsz, úgy tologatsz.

– Simogasd magad, édes, annyira imádom nézni.

És én nekilátok, még nagyobb gyönyört élek át, ahogy tologatsz és simogatom a csiklóm.

– Ez az, csináld, baby! – mondod. – Annyira jó látvány – izgulsz rá, engem pedig attól, hogy izgulsz, még jobban elönt a hév. Fel is juttatsz a csúcsra percek alatt: rándulok lüktetek. Uh.

Lefektetlek hanyatt, és kényeztetni kezdelek. Simogatlak, cirógatlak, és közben csókolgatlak, míg férfiasságodat elérem. A számmal kényeztetem. Kezemmel finoman masszírozom zacskódat, kéjesen nyögdécselsz. Érzem, ahogy egyre jobban keményedsz.

– Annyira jó, édes, ne hagy abba! – mondod, én pedig folytatom, míg érzem, már majdnem ott vagy a gyönyör kapujában. Akkor kezemet gyorsabban kezdem mozgatni, erősen markolom farkad, és hatalmas orgazmushoz juttatlak, miközben vadul csókollak.

Megtörölgetlek, és melléd fekszem kicsit. Egy óra múlva kezdjük elölről, hogy most bennem élvezz el úgy, ahogy imádok én is elélvezni.

Masszázs

Ma sok vendégem volt, este végzek csak.

Rendet rakok a szobában, és elkészítem az ágyat szépen a következő napra, ahogy szoktam. Kettő törölköző középen, szépen hajtogatva, közte a mécsestartó gyertyával.

Te is megérkezel. Ahogy belépsz ajtón, köszöntesz: – Szia, édes, megjöttem.

Kiköszönök neked:

– Szia, szívecském.

Bekukkantasz a szobába, és mondod is, milyen szép mindig, ahogyan megcsinálom.

Levetkőzöl, elmész tusolni, én közben elkészítem vacsorát, amit együtt eszünk meg, és iszunk hozzá egy forró csokit is.

Átölellek, megpuszilgatlak.

– Örülök, hogy itthon vagy. Hiányoztál egész nap – mondom.

– Úgy irigylem ezeket a vendégeket... egész nap érzik az érintésed. Megcirógatnál engem is? Annyira szeretem – kérdezed.

Én pedig örömmel igent mondok neked.

– Gyere, szívem, feküdj fel az ágyra.

Bekapcsolom a zenét, halkan szól, meg gyújtom a gyertyákat, a fényeket is felkapcsolom. Nagyon hangulatos lesz így a szoba.

Elfekszel hason az ágyon, én pedig kezdem a cirógatást.

A lábadtól indulok felfelé simító mozdulatokkal, végig, egészen a nyakadig, lassan, finoman érintve a tested. Aztán visszafelé ugyanígy, le a talpadig.

Mindkét oldaladon végighaladok. Először csak a simításokkal, és azután ujjaimmal kezdek lépkedni felfelé. Először a vádlidat érintem, épp hogy csak, mintha egy finom tollal cirógatnálak, aztán tenyeremet simítom rajtad, és így váltva az érintést haladok fel a lábadon.

A belső combodhoz érve lecsúsztatom kezem, úgy simítom felfelé. Érzem, férfiasságod már keményedik. Mocorogsz az ágyon, de folytatom: a derekadat simogatom, cirógatom, és fel a gerincoszlopodat, épp csak két ujjammal, lágy érintéssel.

Aztán az alkarommal kezdelek simítani végig az egész testeden, közben testem is követi a ritmust, ahogy a zene szól, csukott szemmel átélem az érzést, amit adok neked.

Szinte rád simulva haladok le és fel testeden.

Aztán ismét a cirógatás, váltva a simítással. Az oldaladat simogatom, a fenekedet meg is markolászom kicsit masszázsmozdulatokkal.

Odahajolok a nyakadhoz, megcsókolom, és megkérlek, hogy fordulj meg.

Mikor megfordulsz, az alkarommal simogatom körkörös mozdulatokkal a mellkasodat, majd lefelé haladok a lábadon, egészen a talpadig.

Aztán az egyik kezemmel felfelé, a másikkal lefelé simítalak, cirógatlak.

A lábaidtól ismét el indulok felfelé: a térdedet, combodat cirógatom, lépkedek ujjaimmal rajta, és belsőcombodhoz érve lenyúlok teljesen a gátadhoz, a zacskód érintem, és finoman simítom végig férfiasságaidat, lágy érintésemmel haladva felfelé mellkasodon a nyakadig. Aztán odahajolok, megcsókollak, és miközben átölelsz. Kezemmel megfogom farkadat és mozgatni kezdem le-fel, csak finom, lassú mozdulatokkal.

Sóhajodból tudom, nagyon élvezed, ahogy csinálom.

Odasúgod: – Édes, ez annyira finom!

Aztán elengedem, és simogatással folytatom, teljesen ráhajolva testedre. Szinte érinti a bőröm a bőrödet, végig, az egész testedet, újra a gyönyörben tartva téged.

Ismét felérek az arcodig, megcsókollak. Át is karolsz, húzol magahoz, én pedig férfiasságodat – ami már mereven áll – simogatom, izgatom. Te is hozzám érsz finoman, simogató érintéssel a hasamon, és haladsz lefelé, a bugyim felé. Félretolod, és becsúsztatod az ujjad. Érzed, én is megkívántalak.

– De jó nedves vagy, szívem, imádom.

Most már én is hangos sóhajjal tudatom veled, mekkora gyönyört okozol, ahogy mozgatod az ujjad.

– Húzzuk le ezt, kicsim – mondod, és megszabadítasz a felesleges textíliától.

Öleljük egymást. Most már fel is ülsz ágyon, terpeszben vagy, odahúzol, és csókolsz, ölelsz. Visszafektetlek, felmászom föléd, rácsusszanok a farkadra, és már mozgunk is.

Egyenletesen, a zene ritmusára, kéjesen nyögdécselve.

Kezem a fejed alatt, a másikkal ölellek, te pedig a derekam karolod át és mozgatsz lefelé, hogy jó mélyen bennem legyél.

Így mozgunk egy darabig, aztán leszállok rólad. Felkelsz, én hanyatt fekszem. A puncim kezded nyalogatni, miközben ujjaiddal is kényeztetsz. Lábaimat feltolod vállamig, imádod ezt a pózt.

Egyre vadabbul nyalogatsz és puszilgatsz.

Aztán hirtelen mozdulattal belém is hatolsz. Gyorsan mozogsz, keményen tologatsz, annyira kívánsz. Én közben a csiklómat simogatom, és élvezem, hogy bennem vagy.

Kicsit később felállok, egyik lábamat a masszázságyra teszem, előrehajolok, és jössz hátulról. Ah, de jó!

Alulról érinted csiklómat is, és így löködsz kéjesen sóhajtozva, lihegve.

Majd én simogatom magam, te a derekam fogod, a fenekem markolászod, és érzem, keményedsz bennem, légzésed is szaporább.

– Annyira erotikus látvány vagy, édes, ahogy így rásimulsz az ágyra – mondod, és erőteljesebben tologatsz.

– Szeress, szívecském, ahogy csak tudsz, nem tudok betelni veled – mondom neked.

Ez izgatóan hat rád, mert még jobban tolod belém farkad. Már majdnem a csúcson vagyok...

– Ne hagyd abba, szívem!

Egy-két perc múlva rándul a testünk, lüktetek, te beleremegsz az orgazmusba. Rám simulsz, megpuszilgatod a hátamat, nyakamat, és kicsusszansz belőlem. Megtörölgetsz, majd elmegyek és kiöblítem magam.

Ezután bemegyünk a nappaliba, letelepedünk a kanapéra, én az öledbe fekszem, és elmeséljük egymásnak a napunkat, miközben simogatlak, és te is engem.

❧

Én már ébren vagyok, de nem bújtam ki az ágyból. Úgy aludtunk el, hogy te hanyatt feküdtél, én a jobb oldalamon. A lábam a hasad alján nyugszik, felhúzva kicsit, bal kezem arcodnál, és te a tenyerembe raktad, így van most is, és cirógatlak hüvelykujjammal. Válladon a fejem, így fekszem teljes békességben, hallgatva szuszogásod, élvezve tested melegét.

Te a bal karoddal a hátamat simítod csak úgy álmodban, reagálva cirógatásomra.

Kis idő múlva odafordulsz, nyomsz egy puszit homlokomra, és odasúgod:

– Jó reggelt, kicsikém.

Ásítasz is egyet, és amennyire tudsz, megnyújtózkodsz ölelésemben.

– Hogy aludtál? – kérdezed tőlem.

– Jól. És te, szívem?

– Én is jól. Ahogy átöleltél, olyan jó érzés volt, pedig máskor rengeteget forgolódom, de most végigaludtam az éjszakát. Szerintem meg sem mozdultam.

– Főztem kávét, édes, gyere, igyuk meg – mondom neked.

– Rendben, menjünk.

És lassan felkelünk, kimegyünk konyhába és megisszuk a finom kávét. Fel is ébredsz teljesen.

Mikor letesszük a konyhapultra a csészét és én nekilátok elmosogatni őket, hátulról átkarolsz, nyomsz egy puszit a vállamra, nyakamra, és a derekam simogatod.

– Köszönöm, szívem, finom volt – mondod.

Megfordulok, ahogy kész vagyok, átkarolom a nyakadat, és én is megcsókollak.

Most csak a pillanat, ami számít, egymás karjaiban, csókolózva, simogatva.

Megfogod a kezem, és elindulsz nappali felé.

Haladunk a sarokkanapé felé, amit nemrég vettél nekünk. Szürke-fehér, széles szivacsokkal, kényelmes, nagy párnákkal díszítve, hozzá egy kényelmes fotel.

Mindig erre vágytam a lakásban. Már rég tetszett, és te meg leptél vele.

Leülsz, nekitámaszkodsz a párnának, és kezemet fogva húzol óvatosan magadhoz.

Rád ülök, lábaim terpeszben, bele ülök az öledbe, átkarolom a nyakad, így folytatjuk a csókot, ami a konyhában kezdődött. A kis babydollom van rajtam, amiben aludtam.

Ahogy csókolózunk, a fenekemet simítod, és kezeddel a derekamon felfelé haladva húzod le rólam a kis hálószerelésemet.

Már csak a falat bugyim maradt rajtam.

Ahogy öledben ülök, érzem, megkívántál. Én is megszabadítalak kisnadrágodtól, amit felhúztál, mikor felkeltél...

Félretolod bugyimat és belém hatolsz, én pedig mozogni kezdek egyenletesen az öledben ülve. Kicsit megigazítom a párnát, hogy hátrébb tudj helyezkedni, mégsem fekszel, nem is ülsz. Pont kényelmes.

Miközben mozgok, folyamatosan csókolózunk.

Aztán megfordulok, s úgy ülök vissza, hogy a hátam néz feléd. A mellemet simogatod, haladsz lefelé, és a puncimhoz érve csiklómat simogatod, ahogy bennem vagy és ringok rajtad.

Nyakam, vállam csókolod.

Aztán óvatosan felállok, lefektetsz a kanapéra, simogatsz, puszilgatsz, majd fölém kerekedsz, és már tologatsz is, szorosan átölelve, csókolva.

– Annyira jó benned lenni! – mondod nekem.

– Én is imádom az együttléteinket – súgom oda neked.

Feltolod lábaimat, hogy nagyobb terpeszben legyenek, és kicsit megemelve magad erőteljesebb mozdulatokkal kezdesz tologatni.

– Simogasd magad, édes, kérlek, annyira imádom nézni, nagyon izgató – mondod.

Így folytatjuk tovább, élvezve egymás testét és az örömöt, amit okozunk.

Aztán magamra húzlak, mert érezni akarlak teljesen, ahogy rám simulsz és csókolsz, ahogy a vállam alatt van karod, úgy ölelsz.

Hangosan nyögdécselsz, ahogy én is, és már a fenekedet markolom, húzlak magamba, amennyire csak tudlak.

– Mindennap szeretném átélni veled a gyönyört, a szenvedélyt – mondom neked.

– Én is, édes, én is – liheged nekem.

Annyira kívánlak, hogy érzem, nem sokáig bírom már viszszatartani az orgazmust, vágyom veled egyszerre.

– Gyere, szívem, toljál!

És tudod, akkor már én majdnem ott vagyok. Feltérdelsz, megemeled csípőmet, így löködsz erőteljes mozdulatokkal, amíg érzed, lüktetek, és érzem, rándul a tested. Löksz még kettőt-hármat… és meg érkeztél te is bennem, ahogy szereted. Rám fekszel, csurom vizesek vagyunk mind a ketten, de kielégülve pusziljuk meg egymást.

Pár perc múlva érzem, kicsusszansz belőlem, meleg ondód végigfolyik a combomon. Lefordulsz rólam, megtörölgetsz, és egymás karjaiban pihenünk meg kicsit, mielőtt indulunk tusolni, és kezdődik a nap mind a kettőnknek…

Már nem láttalak pár napja; hiába akartunk találkozni, mindig közbejött valami. Testem-lelkem kíván, hiányodat érzem, az emlékekből táplálkozom.

Elképzelem, amikor belépsz az ajtón, átölellek, és megcsókoljuk egymást, és végigfut a libabőr rajtam, érzem, ahogy azonnal megkívánsz te is.

Ezért elfekszem az ágyon meztelenül, és képzeletemben lejátszom újra együttlétünket, ahogy lefektetsz az ágyra, lehúzod a bugyim, rám fekszel, óvatosan terpeszbe teszed lábaimat, és belém csusszansz, miközben azt mondod: „Már nagyon hiányoztál".

Ahogy ezt elképzelem, terpeszbe nyitom lábaimat, és bal kezemmel elkezdem simogatni magam, mintha te simogatnál. Végig, le a derekam, combom, és szépen lassan a csiklómhoz érek. Óvatos, lassú mozdulatokkal ujjammal kényeztetni kezdem magam.

A fejemben pedig a képek, ahogy szeretkezel velem hangos sóhajokkal, és ahogy markolom feneked és tollak magamba, amennyire csak tudlak.

Lecsúsztatom jobb kezem combomon, és bedugom puncimba két ujjam, miközben bal kezemmel csiklómat simogatom. A szemem csukva: odaképzellek, ahogy nyalsz és ujjazol. Ah, kívánlak nagyon. Bárcsak itt lennél megint!

Tologatom ujjam és kicsit gyorsabb mozdulatokkal simogatom magam, aztán feljebb haladok, mellem is megsimítom, és vissza a csiklómhoz. Nagyon nedves vagyok, teljesen elöntött a vágy, ahogy a szeretkezésünkre gondoltam. Érzem, ahogy csókolsz ölelsz, tologatsz, mellemet nyalogatod, puszilgatod, simogatod a testem.

Most arra gondolok, miközben mélyebbre tolom ujjam, hogy hátulról hatolsz belém, és kéjesen nyögdécselve löködsz. Simogatom magam, ujjam gyorsabban mozog. Mindjárt elélvezek, ahogy belegondolok a gyönyörbe, amit okozol, mikor hátulról vagy bennem és az orgazmust élem meg.

Már lüktetek, és remegek is... megérkeztem nélküled – mégis veled.

Alig várom, hogy itt legyél megint, és átölelj, megcsókolj.

Következő Történet

Ma van egy kis dolgunk vidéken, így már korán összekészülődünk, és indulunk is, hogy még időben vissza is érjünk.

Beülünk autóba, és már indulunk is.

Nincs nagy forgalom, hamar kiérünk a városból.

Bekapcsolom zenét a kocsiban – egy kis utazós, hangulatos zene.

Te vezetsz, mert én a városban nem szeretek, meg nem is vagyok rutinos: ritkán ülök a volán mögött.

Bal kezem kezedbe fogod, ahogy váltasz, mintha együtt csinálnánk, és amikor nem kell váltanod, combomra teszed és simogatsz.

Én odahajolok, adok egy puszit a jobb arcodra, és én is megsimítalak.

Beállítottad a tempomatot is, ezért a pályán már nem kell váltanod, hacsak valami „közbe nem jön".

Kezem a jobb lábadra teszem, és úgy simítalak, hogy egy helyben van, nem akarlak zavarni, miközben az útra figyelsz.

Te elkezded simogatni bal combomat, és beljebb csúsztatod kezed a puncim felé. Reggel nem szeretkeztünk, mert sietni kellett, érezzük is hiányát.

Ahogy érzem kezedet a lábamon, el is önt a vágy. Rád nézek, megfogom kezed, és meg is szorítom kicsit. Odahajolok, és nyomok egy csókot a nyakadra. A jobb kezemmel pedig én is beljebb nyúlok a jobb lábadon férfiasságod felé, ami, érzem, már készen állna a szerelmeskedésre, puncim kényeztetésére.

Megpuszilgatlak, és visszahelyezkedem az ülésbe. Kezed még mindig a belső combomat simogatja. Feljebb húzod kis ruhámat, úgy simogatsz tovább, és bugyimhoz érve, kicsit félrehúzva a puncimat simítod, és terpeszbe teszem lábaimat, hátrahajolok, és hangos sóhajokkal élvezem a dolgot. Nem bírom ki, hogy ne nyúljak hozzád, vezetés ide vagy oda, úgyhogy rövidnadrágod szárán felfelé haladva becsúsztatom kezem férfiasságodhoz, és megsimítom, kezembe is veszem. Nagyot sóhajtasz; élvezed az érintést.

Keményen áll már, kívánva engem, ahogy én is teljesen fel vagyok izgulva.

Lassan lekanyarodunk a pályáról, és ahogy haladunk, egy kis út vezet be balra, egy erdős részhez. Hirtelen be is kanyarodsz, beljebb megyünk az úton, ahol már nem vagyunk láthatóak a közlekedők számára, és leállítod az autót.

Vadul megcsókolsz, majd kiszállsz kocsiból. Átjössz az oldalamra, kinyitod az ajtót, és a kezemet megfogva invitálsz kifelé.

Ahogy kiszállok, odanyomsz az autó oldalához, felhúzod a ruhámat, simogatod a derekamat, hasamat, mellemet. Vadul csókolózunk, én is ölellek, és kezem a nadrágodban a farkadat simogatja.

Felkapsz az öledbe, az autó elejéhez viszel, és feldobsz a motorháztetőre. Terpeszbe teszed lábaimat, bugyimat félretolod, és hatolsz is belém, csókolva a hasam. Azután a nyakamat, miközben vadul tologatsz, ahogy elöntött a vágy. Feljebb hajolsz, lábaimat a válladra teszed, így löködsz tovább kéjesen nyögdécselve, miközben én a csiklómat simítom. Ah! Érzem, nem bírom sokáig, annyira kívántalak. Te is hasonló helyzetben vagy.

– Gyere, édes! – mondod nekem. – Nem bírom visszatartani.

Így pár pillanat múlva hangos nyögésekkel érkezel meg. Ahogy érzem, keményedsz bennem, már én is ott vagyok, lüktetek, megremeg a testünk. Lihegve teszed fejed a mellkasomra, kicsit megpihenni.

Aztán óvatosan kicsusszansz belőlem, zsebkendővel megtörölgetsz, és lesegítesz az autóról. Visszaülünk, megcsókoljuk egymást, és indítod is az autót, haladunk tovább.

Kielégülve teszed hátra fejed a fejtámlára. Én is kényelmesen elhelyezkedem, és így fogjuk egymás kezét újra.

✹

Este érsz haza; ma hosszú napod volt. Én is sokat dolgoztam. Voltak vendégek, de miután végeztem, készítettem vacsorát neked: nokedli, csirkepörkölt és uborkasaláta, mert ez az egyik kedvenced.

Meg is köszönöd, milyen finom lett, ahogy eszünk együtt a konyhában, mert már megterítettem, mire hazaértél.

Ahogy hívtál, mikor érkezel, kiengedtem neked a kádba a vizet is, hogy csak le kelljen vetkőznöd, miután ettél, és tudjál kicsit relaxálni a jó, kellemes vízben.

Bemegyek én is hozzád a fürdőszobába, és a fejedre teszem a kezem, kicsit megmasszírozom a halántékodat. Elmeséled napodat, ahogy a kád szélén ülök, és én is elmesélem neked az enyémet.

Meg is puszilgatlak, és bemegyek nappaliba, ott várlak meg. Bekapcsolom tévét, épp kezdődik egy romantikus film.

Leülsz mellém, én az öledbe fekszem, és így nézzük együtt a filmet.

Közben cirógatod a fejem, simogatod a hajam, én pedig a lábad, ahol elérem, csak úgy, kedvesen, szeretettel.

Ahogy nézzük a történetet – sok szerelmes jelenettel vegyített –, elönt a vágy. Meg is puszilom a lábadat, ahogy nézem, hogy csókolóznak, ölelkeznek a képernyőn.

Te is másképp kezdesz simogatni. A vállamtól indulsz lefelé, a derekamat érintve, a fenekemnél elidőzve meg is markolod kicsit, és végigcirógatod a combomat, majd haladsz visszafelé. Hanyatt fordulok, maradok az öledben, te pedig lehajolsz, megcsókolsz, és kezed feltűri a ruhámat. Így már a mellemet simogatod, meg is puszilgatod, kezed pedig halad a puncim felé. A bugyimat felemelve betolod kezed, és simogatni kezdesz. Élvezem a kényeztetést. Ujjad már becsusszant hüvelyembe, és mozgatod, miközben csókolsz még mindig.

Átkarolom a nyakad, feljebb emelkedem, és hang nélkül kérlek: gyere, édes, feküdj rám, érezni akarom a testedet magamon.

Óvatosan megemelkedsz, kifordulsz oldalra, engem leteszel a kanapéra, és jössz fölém. Átkarollak, és benyúlok nadrágodba. A fenekedet markolászom, vadul csókolózunk közben. Felemeled csípőd, így ki tudlak bújtatni a nadrágodból. Ledobod a kanapé mellé, és te is megszabadítasz a bugyimtól.

Aztán én fordulok ki alólad, hanyatt fektetlek és kényeztetni kezdelek, cirógatásommal haladva testeden lefelé és vissza, aztán csókolgatlak a nyakadtól lefelé haladva, míg férfiasságodhoz ér a szám. Elkezdelek nyalogatni, kezembe veszem, mozgatom is, miközben hegyét nyalogatom, csak épp hozzáérve izgatva téged. Hangos nyögdécseléssel adod tudtomra, mennyire finom az érintés.

– Olyan jól csinálod, kicsim – mondod nekem –, imádom.

Aztán elhelyezkedem 69 pózba, hogy te is hozzám férj. A puncim épp a szádnál van, el is kezded nyalogatni, miközben ujjad is betolod és mozgatod. Én férfiasságodat kényeztetem, miközben a gyönyört élem át, ahogy ujjazol, nyalsz. Mozgatom is a csípőmet az élvezettől, nyalogatlak, kényeztetem a farkad, és mozgatom kezem.

Te jó ég, na, ezt így nem lehet sokáig, úgyhogy megfordulok, és lovagló ülésbe helyezem magam. Gyors, határozott mozdulatokkal lovagollak, hangosan sóhajtozom, annyira kívántalak. Átölelsz, odahúzol magadhoz, és mozogsz te is alattam.

Aztán oldalamra fordítasz, így hatolsz belém hátulról, és dugod a puncimat keményen. Erőteljes mozdulatokkal, szenvedéllyel. Közben szorítasz, és a hátamat is megcsókolod.

Pucsítok neked, kicsit terpeszbe nyitom lábaimat, maradok az oldalamon. A csiklómat simogatom, és élvezem, hogy jó mélyen bennem vagy.

– Nem bírom, édes – mondom neked –, mindjárt elélvezek, annyira jó.

– Gyere, gyere, én is érkezem, szívem – válaszolod, és erőteljes mozdulatokkal, lökésekkel, hangos lihegéssel érünk a csúcsra. Együtt rándul a testünk, lüktetek, csurom vizesek vagyunk.

Feléd fordulok. Megölelsz, megcsókolsz, magadhoz szorítasz, és odasúgod:

– Köszönöm, hogy vagy nekem.

Így fekszünk még kicsit egymás karjaiban, és el is szundítunk. Csak hajnalban ébredünk meg és megyünk át a hálószobába, egymás ölelésében aludni tovább.

✿

Ma elutazunk a Balatonra, kicsit pihenni.

Én is sokat dolgoztam szabadnap nélkül – már pár hónapot –, kevés időnk volt egymásra, ezért úgy döntöttünk, 2-3 nap a miénk lesz.

Reggel összekészülődünk és indulunk is, hogy még a kánikula előtt leérjünk a szálláshelyre, amit már lefoglaltam.

Hamar meg is érkezünk.

Egy nagyon aranyos kis apartman fogad minket: körülbelül 40 m², szoba van bent, fürdőszoba, és egy nagy nappali-konyha egyben.

Kis udvar is van hozzá friss, zöld pázsittal, a teraszon szék, asztal, a kertben hintaágy.

Átvesszük a kulcsokat, és ki is pakolunk gyorsan, aztán felvesszük fürdőruhát, összepakolom a napernyőt, plédet, és indulunk a strandra.

Nagyon hamar leérünk: sétálva nyolc perc alatt, olyan közel van a Balaton a szálláshoz.

Lepakolunk és bemegyünk megmártózni a még kellemes hőmérsékletű vízbe. Elég sokat kell sétálni, mire mélyül, de ott már tudunk úszni is egyet.

Nincsenek sokan, a víz is szép tiszta, egy-két vitroláshajó van beljebb.

Odaúszol hozzám, átkarolsz, én a derekadra fonom lábaimat, így csókolózunk, élvezve testünkön a hűs vizet.

Ennek ellenére csak a forróság jár át.

Megkívántál, én is téged – hideg víz ide vagy oda.

Lehúzod bugyimat, amit a kezemben fogok, nehogy elvigye a víz, és így, ahogy lábam rajtad, már hatolsz is belém a vízben. Érdekes érzés. Így még nem csináltuk soha, de a szenvedély erősebb annál, mintsem azon gondolkodjunk, ez most hogyan is lesz. Szorítasz magadhoz, tologatsz, és csókolózunk közben.

Hamar elérünk az orgazmus kapujába, és pár perc múlva már hangos sóhajokkal érkezünk.

Visszahúzom fürdőruhámat, és elkezdünk kifelé úszni egymásra mosolyogva, hogy mindegy, hol vagyunk, mikor... megkívánjuk egymást a csók, ölelés után.

Kiérve a partra hanyatt fekszünk plédünkön, megfogjuk egymás kezét, és átadjuk magunkat a nap sugarainak.

Estig maradunk, aztán összepakolunk és hazamegyünk, mert vacsorázni fogunk valahol, ezt már napközben megbeszéltük.

Összekészülődünk, és indulunk is. Egészen kellemes helyet fedezünk fel, ahová beülünk. Élő zene is van, jó a hangulat.

Elfogyasztjuk az ételt, iszunk egy pohár pezsgőt, beszélgetünk, azután felkérsz táncolni. Egy lassú zene megy, szeretem ezt a számot.

Átöleljük egymást, és testünk együtt mozog a zene ritmusára, csípőnk teljesen egymáshoz simul.

Meg is csókolsz, magadhoz szorítasz, így táncolunk, lépkedünk.

Kis mini ruha van rajtam magas sarkúval, égszínkék, a cipő is hozzá, a hajamban is ilyen szalag van.

Pántos, testhez simuló a ruhám, jól kiadja nőies alakomat.

Simogatod a hátam, aztán a fenekemen nyugszik kezed, ahogy táncolunk.

Rajtad vékony hosszúnadrág van pólóval, nagyon szexi vagy benne.

Odahajolsz a fülemhez és azt mondod:

– Kívánlak, édes, nagyon, annyira szexi vagy ebben a ruhában is...

– Én is érzem, ahogy hozzád simulok, hogy a férfiasságod mennyire kíván.

Lassan elindulunk az asztalunkhoz kézen fogva, megisszuk maradék italunkat, kifizeted a számlát és hazasétálunk.

Az ajtón belépve a kis házban már fordítasz is magad felé, vadul csókolsz, szoknyám alá nyúlva a fenekemet markolod, mellemet simítod.

Aztán ledobsz a kanapéra, ledobálod ruháidat, megszabadítasz engem is sajátomtól, és rám fekszel, csókolsz, ahol érsz, simogatsz. Én is simogatom a hátadat, fenekedet, ahogy elérem.

Lábaim terpeszben, s érzem, ahogy belém csusszansz és gyönyört okozol vele. Elkezdesz mozogni, először gyorsan, aztán meg-megállva lassítasz: nem akarod, hogy hamar vége legyen, szeretsz szeretkezni velem. Én is veled.

Annyira kíván a testem, hogy fenekedet húzom magam felé, hogy mélyebben érezzelek. A fejemet hátrabiccentem. A nyakamat csókolod, és hangosan nyögdécselve mozogsz rajtam.

Feltérdelsz, így folytatod, elölről tologatsz. Én a csiklómat simogatom, élvezem a gyönyört, amit okozol, te pedig nézed, ahogy ki-be jársz bennem és simogatom magam.

– Elélvezek rögtön, szívem...

– Gyere, édes!

Két-három lökés, és az orgazmus lüktetése járja át a testem. Lefektetlek ágyra, és számmal kezdelek kényeztetni, hogy te is megéld a gyönyört.

Először végigcsókolom a tested, azután amíg férfiasságod számat telíti, kezemmel simogatom belső combodat, hasad alját, te pedig nézel, izgulsz a látványra és az érintésre.

Érzem, egyre jobban keményedsz, ahogy nyalogatlak, mozgatom a kezem.

Aztán csókolom a hasad, kezem gyorsan mozgatom, markolom farkadat, míg hangos kiáltással a csúcsra juttatlak. Spriccel ondód a nagy élvezettől.

Megtörölgetlek, odabújok melléd, átkarollak, te is engem, így alszunk el egymás karjaiban, és csak reggel ébredünk fel.

Megcsókollak, felkelek, és elkészítem a kávét, reggelit, mire ébredsz.

✳

Hétvégére elmentünk kicsit itthonról, kivettünk egy hotelszobát egy gyönyörű szállodában, és élvezzük, hogy ez a két nap csak a miénk.

Nagyon szép a szállásunk: nagy nappalival, fürdőszobával, és kicsi hálóval.

Reggelit rendelsz, és a szobapincér hamarosan hozza is. Kopogtat az ajtón, átveszed, és leteszed az asztalra.

Minden finomság van rajta: kávé, gyümölcslé, sajt, alma, pirítós, lekvár, felvágott, és egy szép virág vázában az asztalon.

Ezt csak titokban intézted, mikor kimegyek, akkor látom.

– De édes vagy, köszönöm.

Reggeli szeretkezésünk után már letusoltunk, megesszük a reggelit, és indulunk körülnézni a városban, mert ma kicsit borongós idő van, nem lehet strandolni.

Ettől függetlenül meleg van, csak kis mini ruhát húzok. Ma a rózsaszínt választottam, hajamat lófarokba kötöm, simán hagyom, mert így szereted, és kis magas talpú, rózsaszín szandálomat veszem fel.

Te is rövidnadrágot húzol, rövid ujjú inggel, ami nagyon jól áll neked. Főleg, ahogy mellkasod kicsit kilátszik, nagyon szexi.

Elindulunk, és a közelben találunk egy kis kirakodóvásárt. Olyan piacszerű: van minden, amit csak az ember venni szeretne.

Én nézelődöm az egyik sátornál, te pár pillanatra eltűnsz, és mikor visszaérsz, együtt nézzük tovább az árukat.

Veszünk nekem fülbevalókat, mert nagyon szeretem, és csak a bizsut tudom hordani a fémallergiám miatt: sem aranyat, sem ezüstöt nem tudok, mert begyullad a bőröm, fülem. (Az aranyat amúgy sem szeretem, csak az ezüstös vagy fehérarany dolgokat.)

Pár nyári ruhát is kapok, cipőt, és egy szép bikinit.

Neked is találunk olyat, amit szeretnél, és veszünk gyümölcsöt is.

Már késő délután van, mire visszaérünk a hotelbe. Bemegyünk, hívod is a liftet.

Megérkezik, beszállunk, és a 9. emeletre indulunk. A két szatyrot letesszük magunk mellé, és hatalmas sóhajjal dőlök a lift falának. Kicsit elfáradtam.

Te odalépsz hozzám, átkarolod a derekam és meg csókolsz, ahogy csukott szemmel állok, fejemet nekitámasztva a lift falának.

Én is átkarollak, és élvezem az ölelést.

Kezeddel odanyúlsz és megállítod a liftet – épp a hatodik emeletnél járunk.

Rád nézek, mosolygok.

– Te kis hamis! – mondom neked.

De izgalmas. Na, most aztán senki nem megy sehová.

Már a szoknyám alatt simogatsz, és húzod felfelé, a popómat markolva közben, másik kezed a derekamon van és simogatsz.

Ahogy hozzám simulsz, érzem, mennyire kívánsz. Én is a vágy rabságába kerültem, libabőrös a testem, ahogy érzem az érintésed, csókod.

Félretolod bugyimat, én kikapcsolom az öved, lehúzom nadrágodat, te felemeled lábaimat a derekadra, és hevesen belém hatolsz, csókolva a nyakam, mellem, aztán vissza a számhoz, érzem nyelved a nyelvemen.

Finoman viszonzom és érzékien csókollak.

Vadul tologatsz, és én is teljesen odavagyok a gyönyörtől és az izgalmas helyzettől a liftben.

– Kívánlak nagyon, toljál, édes, toljál, dugd a puncimat keményen! – súgom oda neked.

– Annyira szexi vagy, édes, ez a lófarok, a ruha... egész nap kívántalak – válaszolod.

Nem sokáig bírjuk, hangos sóhajjal, lihegéssel érkezünk a csúcsra. Egymásra mosolyogva rendbe szedjük magunkat; ha kilépünk a liftből, ne legyenek árulkodó jelek.

Meg is érkezünk, bemegyünk lakosztályunkba, és indulunk tusolni.

Ezután felpróbálgatom a ruhákat, meg mindent, amit kaptam. Tetszik, nagyon jól áll.

Te pedig előhúzol egy kis dobozkát a nadrágod zsebéből, és átnyújtod nekem.

– Ezt neked választottam, szívecském – mondod.

Így már értem, hova is tűntél el arra a 10–15 percre.

Egy gyönyörű szép nyaklánc van a dobozban, fehérarany, semmi különös medál nincs rajta, mégis csodaszép,

Lekenem a nyakam a krémmel, ami az allergiára van, ha mégis felvennék ilyesmit. Ezután felteszed nyakamra, becsatolod, és a tükör előtt a hátam mögött átkarolsz, a vállamra rakod fejed.

– Milyen szép vagy! Jól áll –mondod.

Én megfordulok, megcsókollak, és megköszönöm az ajándékot.

Utána pedig indulunk le az étterembe, hogy vacsorázzunk, mert egész nap nem nagyon ettünk, éhesek vagyunk.

Estefelé járunk, már mindketten itthon vagyunk. Le is fürödtünk, én kis babydollomban fekszem az öledben a kanapén, és beszélgetünk, kinek hogy telt a napja. Simogatjuk, cirógatjuk egymást közben, meghitt így a beszélgetés, örülünk egymás érintésének.

Én kicsit később felkelek, kint teszek-veszek, aztán bemegyek érted a nappaliba, megfogom a kezed, és átinvitállak a hálószobába.

Mikor odaérünk, átkarolom a nyakad, megcsókollak, és simogatlak is, ahogy te is engem.

Levetkőztetlek, és lefektetlek az ágyra hanyatt.

– Most játsszunk egy kicsit, szívem! – mondom néked, és előhúzok egy kis selyem sálat, amivel bekötöm a szemed.

– Játék? – mosolyogsz. – Rendben, izgalmas, édesem.

Aztán odanyúlok oldalra, a polcra, ahová már bekészítettem a jégkockákat, mézet, tejszínhabot a mai estéhez.

Kiveszek egy jégkockát, és nagyon óvatos, lassú érintéssel a homlokodtól indulva, az orrodon, szádon, majd nyakadon lefelé, épp érintve bőrödet, de azért érezd a bizsergést, haladok lefelé a testeden, miközben csókolgatlak is.

Te nem tudod, hol foglak érinteni, mit csinálok, szemed bekötve, csak élvezed az izgalmas helyzetet. Sóhajtasz, csípőd is emelgeted, ahogy haladok lefelé a hideg jégkockával, ami mégsem fagyos, ahogy érintelek vele. Lassan haladok végig a testeden, hasadon, combodon, lefelé, egészen lábujjadig.

Azután indulok visszafelé, és mikor szádhoz érek, meg is csókollak.

– Még nincs vége, édes – súgom oda.

Férfiasságod már mereven áll, ahogy felizgat a helyzet, és megkívántál.

Megfogom a tejszínhabot, nyomok belőle hasad aljára, zacskódra, férfiasságod hegyére. Izgat a dolog, szaporán lélegzel, közben simogatod fenekemet, ahogy oldaladnál térdelek.

– Annyira jó, édes, csináld! – mondod.

Odahajolok a szádhoz, megcsókollak, és indulok lefelé. Mikor elérem a hasad alját, elkezdem nyalogatni a tejszínhabot a bőrödről, aztán csókollak, hogy érezd az ízét te is, és haladok lefelé, vissza érzéki mozdulatokkal a nyelvemmel. Zacskódat izgatom, nyalogatom a tejszínhabot, majd csókollak, és vissza, férfiasságodat veszem a számba, tejszínhab olvad a nyelvemen, simogatlak, ahol érlek.

Azután odanyúlok a jégkockáért, és játszva-lépkedve indulok újra, végig a lábadtól felfelé haladva, míg elolvad egészen. Ekkor leveszem a szemedről a sálat. Odahúzol, vadul csókolsz, annyira felizgattalak.

Én ujjammal cirógatlak, és lépkedek lefelé férfiasságodat érintve, aztán kezembe fogva, markolva, még jobban izgatva téged.

Hirtelen mozdulattal felülsz, ledobsz hanyatt fekvésbe, és te is elkezded a játékot. Látod, méz is van ott egy kis üvegcsében. Rácsorgatod a hasamra, és nyalogatni kezded, miközben simogatsz. Jössz felfelé a számhoz, kezed oldalra nyúl a jégkockáért, vezeted lefelé, a nyakamtól indulva, a melleim közt kicsit megállsz vele, mézet nyalogatva, utána mellemet szopogatod. Indulsz lejjebb a hasamhoz, a mézet a nyelveddel csiklandozod a testemen. A jégkockával játszol a combomon, beljebb haladva puncimat érinted vele. Ez a bizsergés, ah!

Ezután rám fekszel, s a kéjtől elalélva hatolsz belém. Én is hangosan sóhajtok: alig vártam, annyira felizgultam. Tologatsz hevesen, közben csókolod a nyakamat. Tologatsz keményen, én fenekedet markolom, húzlak magamhoz, ahogy csak tudlak.

– Szeress, édes... jó keményen. Annyira kívánlak!

– Én is téged, szívem – liheged. – Felizgattál nagyon.

Csókolsz, löködsz, feljebb emelkedsz, úgy tologatsz. A nyakamat fogod egyik kezeddel.

– Olyan dögös vagy, édes. Imádom a szexi fejedet, mindenedet – mondod nekem. – Legszívesebben ki sem szállnék belőled.

– Toljál, ahogy csak tudsz! – mondom neked.

Te pedig ettől még jobban felizgulva gyorsabban kezdesz tologatni, én is nyögdécselek alattad, alig várom az orgazmust, ami hatalmas lesz, érzem.

– Gyere, szívem, gyere! – és együtt rándul a testünk, hangosan élvezünk el együtt, csurom vizesen, egymáson.

Így is maradunk egy darabig, míg helyre áll a légzésünk, aztán elmegyünk, letusolunk, és visszagömbölyödünk a kanapéra. Még egy kicsit tévézünk, azután elmegyünk aludni egymás karjaiban, kielégülten, indulunk álomországba.

Mikor hazaérsz, én épp tornázom. Elment a vendégem, a következő később jön csak, így a szabad órákban beiktattam a mozgást, ami reggelt elmaradt, mert mindennap fordítok erre időt.

Hallom, ahogy csukod az ajtót.

– Megjöttem, szívecském – mondod, miközben zárod az ajtót.

– Szia, édes, itt vagyok bent, nemsokára végzek.

Beljebb jössz, én épp a nyújtást csinálom selyem sálam segítségével: egyik lábam beakasztva, a másikon állok, és a levegőben lévő lábamra hajolok.

Csak egy pillanatra egyenesedem fel, nyomok neked egy csókot.

– Menj csak, tusolj le, egyél pár falatot, amíg én befejezem – mondom.

El is mész, levetkőzöl a fürdőben, és hallom a víz csordogálását, ahogy már élvezed a fárasztó meleg nap után a felfrissülést.

Kis idő múlva kilépsz az ajtón, s benézel hozzám. Én most mindkét lábamat beakasztva a selyem sálba a földön fekszem hanyatt, és terpeszeket csinálok a levegőben úgy, hogy a csípőmet megemelem.

– Nagyon ügyes vagy, édes – mondod, és kimész konyhába. Hallom, ahogy elkészíted az ételedet.

Aztán mikor végeztél, bejössz, megköszönöd a finom vacsorát, és megállsz mellettem. Nézel.

Én csak egy bugyiban vagyok, így tornázom.

Selyem sálam a hasamnál, előre hajolok, támaszkodom a kezemmel, lábaim hátrafelé a levegőben, és most így csinálom a terpeszeket.

Azután visszafekszem, ahogyan az előbb voltam: hanyatt, két lábamat a két kendőbe akasztom, és emelem a csípőmet.

Ekkor te hirtelen átbújsz a selyem sál alatt, és ahogy terpeszben a lábaim, rám fekszel óvatosan. Meg csókolsz, és odasúgod:

– Ez a póz épp jó most, szívem – és rám kacsintasz.

– Olyan szép vagy, ahogy tornázol, nem bírtam ki hogy ne bújjak ide.

Közben már simogatsz, és lábamat is óvatosan kiakasztod a hammockból.

Simogatod a mellemet, derekamat, combomat, és közben csókolsz.

Leteszem lábaimat a szőnyegre kis terpeszben, csak épp úgy, ahogy rajtam fekszel, ahogy kényelmes.

Élvezem az érintésed, csókod.

Aztán megfogom két kezembe az arcodat, feljebb emelem, és megpuszillak mindenhol: homlokod, orrod, arcod, majd meg is csókollak, megsimogatom a fejedet, odahúzlak magamhoz, átkarollak, és simogatom hátadat, derekadat, fenekedet, ahol így elérlek.

Érzem, férfiasságod mereven áll már, ahogy megkívántál. Miközben ujjaiddal lépkedsz a testemen, lassan a puncimhoz érkezel. Miközben csókolsz, érzem, belém hatolnak, és mozgatni kezded. Közben légzésed szaporább, ahogy érzed nedvességemet. Felizgat, hogy felizgultam. Lassan kihúzod belőlem, rám fordulsz és belém hatolsz, a nyakamat csókolva.

Mozogni kezdesz, én is mozgok veled együtt, élvezem a gyönyört, amit okozol.

Lassabban és gyorsabban mozogsz, így felváltva folyamatosan gyönyörben tartva engem és magad.

Azután hanyatt fordítasz.

– Ne tedd terpeszbe a lábaidat, maradj így, édes – mondod.

Rám fekszel, belém csusszansz. Élvezetes ez a póz is. Eddig így még nem csináltuk, érzem, nagyon felizgat téged. Amennyire tudok, pucsítok így fekve, és tolom popómat a farkadra. Te pedig puszilod a nyakamat, vállamat, úgy tologatsz.

– El tudnál így élvezni? – kérdezed tőlem.

– Igen, szívem, azt hiszem, igen.

– Mert én már alig bírom – mondod.

– Toljál, édes, gyere! – mondom neked.

Erőteljes mozdulatokkal kezdesz löködni, közben a hajamat fogod, kicsit feltámaszkodsz, érzem, ahogy keményedsz bennem. Én is mindjárt érkezem.

– Abba ne hagyd! – és hangos nyögéssel együtt érünk a csúcsra, rándul a testünk, érzem, megremegsz. Azután lassan rám simulsz, és megpihensz rajtam.

Pár perc múlva kicsusszansz belőlem, mellém telepedsz, átkarolsz, megcsókolsz.

– Mindig kívánlak, szívem, ha meglátlak és hozzád érek. Remélem, ez sosem múlik el.

Én is megcsókollak, és azt felelem:

– Én is remélem, édes.

Lassan felkelek, elmegyek letusolni, azután visszamegyek hozzád. Te már a kanapén fekszel, odagömbölyödöm melléd és beszélgetünk, miközben cirógatjuk egymást.

Elmondod, hogyan telt a napod, s én is elmondom neked. El is szalad az idő, még egy kicsit tévézünk, azután indulunk az ágyba aludni, egymás karjaiban.

Már nagyon régen nem láttuk egymást, mert elutaztál. Alig várom, hogy itthon legyél és megölelhesselek. Tizennyolc nap az örökkévalóság. Eddig a 4–5 nap is annak tűnt...

Végre letelt ez is, és szerdán találkozunk.

Ahogy belépsz az ajtón, repülök a karjaidba. Meg akartam kérdezni, hogy vagy, de erre nincs most idő: alig vártam, hogy ölelj. Te is átölelsz, és már csókolsz, simogatsz.

– Végre! Olyan hosszú volt nélküled, édes – mondod.

Már veszed is le a ruhádat és engem is csomagolsz ki az enyémből, közben mellemet markolod, csókolod, és lassú léptekkel haladunk egymás karjaiban a szoba felé. Lefektetlek hasra – tudom, mennyire szereted az érintésemet, a simogatást.

Nagyon kívánlak de megsimogatlak. A lábadtól indulva felfelé a testeden cirógatlak és ujjaim mentén csókollak. Reagálva érintésemre emeled csípődet: nagyon kívánsz már te is. Végigcsókolgatlak, füledet, arcodat, azután megfordítalak hanyatt fekvésbe és már a szádat csókolom. Ölellek, és haladok lefelé csókjaimmal, simogatással a testeden. Férfiasságod már keményen áll, ahogy kívánsz. Odaérve megcsókolgatom, megnyalogatom, számmal kényeztetem, és megyek le lábaidhoz. Azután rád fekszem, átölellek, és már hatolsz is belém hatalmas sóhajjal. Alig vártuk ezt a pillanatot. Egyenletesen mozgok, meg-megállva, nehogy elélvezzek, és rád is figyelek, mert ilyen hosszú idő után nehéz visszafogni magunkat, de élvezni akarjuk még a pillanatot.

Így mozgunk egy darabig, simogatva, csókolgatva egymást, azután fölém kerekedsz és elölről hatolsz belém. Annyira imádom, hogy átölelhetlek, ahogy érzem a testedet a testemen, az illatodat...

– Annyira jó benned lenni, szívem! – mondod.

– Kívántalak már nagyon. Mindenedet...

– Én is téged, édes – mondom neked, és húzlak magamra. – El sem engednélek soha.

Mikor már a gyönyör kapujában vagy, megfordítasz és hátulról hatolsz belém, mert tudod, így tudok a legmagasabb csúcsra feljutni veled.

Simogatod a hátamat, fenekemet, tologatsz, miközben én a csiklómat simogatom... és ott is vagyok.

– Gyere, édes, gyere, toljál!

Ez az orgazmus hatalmasabb mindnél.

Együtt érkezünk. Kicsit rám hajolsz, megpuszilgatod a hátamat, és kicsusszansz belőlem. Elfekszel hanyatt, én pedig melléd gömbölyödöm. Nincs sok időd, vár a munka, mégis eljöttél hozzám.

– Köszönöm, szívem. Annyira jó volt ma is.

– Bárcsak itt lennél velem mindennap!

Így fekszünk egy picit még, azután megyünk tusolni. Bekenem a hátadat, kicsit megmasszírozom, megölelgetlek, és adok egy búcsúcsókot, ölelést.

– Szeretlek, várlak, édes.

Sokadik történet

Már várom, hogy megérkezz; régen láttalak, kettő hete nem tudtunk találkozni, mert beteg voltál, meg a sok munka.

Hallom a kapucsengő dallamát, kinyitom neked lenti ajtót, és már hallom, ahogy a lift indul felfelé.

A szobában még gyorsan behúzom függönyöket, közben hallom, bejöttél az ajtón és kattan a zár.

Indulok is, repülök a karjaidba. Megölelsz szorosan, és csak tartasz a karodban így. Olyan jó!

Odasúgod:

– Hiányoztál, édes.

Csókolózunk. Közben simogatsz és én is érintem testedet, minden pillanatát élvezve, s magamba szívom az illatodat.

Csak állunk egymás karjaiban egy darabig, majd lassan lépkedve elindulunk a szoba felé. Kikötöd ruhám pántját, ami a nyakamban van, megsimogatod melleimet, a nyakamat puszilod, ahogy háttal állok neked.

Megfordulok, és miközben csókollak, levetkőztetlek. Lehúzod ruhámat rólam, már csak a falatnyi tanga bugyim van rajtam, ami annyira szexi számodra.

Óvatosan lefektetsz az ágyra, és elkezded végigpuszilgatni a testemet, miközben simogatsz.

Átadom magam az érzésnek, libabőr fut végig mindenemen, ahogy érzem forró leheletedet, csókjaidat.

A puncimhoz érve nyelveddel kényeztetsz, és ujjaidat csusszantod belém, nagy gyönyört okozva ezzel.

Azután haladsz lefelé a lábamhoz, és vissza, egészen arcomig, míg újra a számat csókolod.

Érzem férfiasságod keménységét a combomnál. Megkívántál, én is teljes izgalomban vagyok, de megfordítalak, és én is kényeztetlek kicsit téged.

Csókjaimmal végig a testeden, nemi szervednél számmal simogatva nyelvemmel izgatva haladok lefelé, belső combodat érintem, csókolom.

Azután indulok visszafelé. Rád fordulok, hozzád simulok, te pedig felemelsz engem, így, szavak nélkül kérve, hogy helyezkedjek lovagló pózba. Felemelem a csípőmet, félretolod a bugyimat, és lassan belém tolod farkadat, én pedig már mozgok egyenletesen, hatalmas sóhajjal a tudtodra adva, mennyire jó érzés.

Te is teljesen odavagy a gyönyörtől; légzésed szapora, ahogy mozgok rajtad. Imádod, ahogy szexelek veled, ahogy gyönyört okozok.

Puszilgatod a mellemet, simogatsz, és mozogsz alattam egyenletesen.

Érzem, alig bírod tartani magad... régen szerelmeskedtünk.

Fölém kerekedsz és belém hatolsz. Ahogy hanyatt fekszem, látom arcodat, mikor elönt a vágy. Simogatom hátadat, oldaladat, és közben egyenletesen mozogsz, csókolsz.

Gyorsabban mozogsz, majd lassabban. Kicsit félrefordulsz, hogy a csiklómhoz férj, és simogatod, miközben tologatsz egyenletesen.

– Így szeretnék ma elélvezni – mondod –, hogy alattam vagy. Szólj, édes, ha jöhetek. Simogatsz, tologatsz, és hamar a gyönyör kapujába juttatsz.

– Gyere, szívem, gyere, mindjárt elélvezek!

Rám fordulsz, teljesen magadhoz húzol, és tologatsz erőteljesen, jó mélyen bennem.

Érzem, ahogy keményedsz, s együtt érkezünk, hatalmas sóhajjal.

Fejedet vállamra teszed, így maradsz, kicsit megpihensz.

Azután mellém gömbölyödsz, átölelsz, és így fekszünk egymás karjaiban. Beszélgetünk, odabújok, kihasználva azt a kevés kis időt, ami adatott nekünk.

Ma is megpuszillak, mikor felébredsz, meg is simogatlak. Azért, hogy szebb napod legyen, képzeletben a masszázságyra fektetlek, és kicsit végignyomkodlak mindenhol, kicsit erősebben, és gyengédebben is. Először hason fekve: elindulok a talpadtól felfelé, érzéki érintéseimmel, és azután gyurmázlak is.

Közben a hátadra adok puszit, és a nyakadra, füledre is. Popódat is megsimogatom, kicsit lejjebb csúsztatva kezemet, hogy férfiasságodat is érintsem, de csak épphogy… és simogatlak tovább.

Azután hanyatt fekszel, és elölről is végigsimítalak a nyakadtól indulva, miközben megcsókollak, kezem lefelé cirógatja mellkasodat, hasadat, és férfiasságodat.

Azután végigpuszilgatlak ugyanígy lefelé haladva, a nyakadtól, és mikor farkadhoz érek, számmal kényeztetem, miközben kezemet mozgatom fel-le óvatosan. Nagyon megkívántál. Sóhajtozol, és élvezed az érintést. Addig izgatlak, míg érzem, már majdnem a gyönyörbe juttatlak. Akkor felülsz, megcsókollak, és lefektetsz az ágyra, a szélére, hogy hozzám férj. Én is kívánlak nagyon. Belém hatolsz, miközben végigsimítod a testemet a nyakamtól lefelé. Erőteljes, gyors mozdulattal tologatsz, hevesen, ahogy kívánsz, és simogatod a puncimat, még nagyobb gyönyörben tartva engem. Hamar a csúcsra érkezünk mind a ketten, egyszerre. Együtt rándul a testünk. Rám simulsz, megpihensz kicsit rajtam, míg légzésed helyreáll, azután felhúzol és elmegyünk együtt fürdeni, utána kicsit visszabújunk az ágyba ölelkezve, egymás karjaiban megpihenve

Ma kirándulni voltunk. Már késő délután van, indulunk hazafelé. Én vezetek, most van kedvem. Beindítom az autót, a biztonsági övet bekapcsolom. A jó időre való tekintettel kis mini ruhában vagyok – pántos, harang alakú –, kis, falatnyi bugyival. Te is lengébben vagy: rövid farmernadrág és póló. Elindulunk. Kicsit beszélgetünk, milyen klassz nap volt kettesben a szabadban. A kezedet a jobb combomra teszed, és megpuszilod az arcomat.

– Jól éreztem ma magam, édes – mondod nekem –, jó volt kikapcsolódni veled.

– Én is jól éreztem magam – válaszolok neked.

Kis, kanyargós erdei utakon haladunk, kétoldalt fák, kis forgalom. Kezed lassan lejjebb csúszik bugyim felé. Érzem, milyen forró az érintésed. Próbálok a vezetésre koncentrálni. Azután beljebb lépkedsz ujjaiddal, a puncimat érintve. Ah! A másik kezeddel végigsimítod mellemet, és megpuszilod a nyakamat.

Na jó, ennyi. Látok egy kis bemenő utat jobbra. Bekanyarodom, hogy az útról ne lássanak minket, és leállítom autót. Kikapcsolom övemet, és feléd fordulok. Megcsókollak. Kezed simogat. Hátra tolom ülésemet, amennyire csak tudom, így elférek a kormánytól is. A háttámlát is fekvő helyzetbe állítom, és hanyatt fekszem. Simogatod a lábamat, közben másik kezed a puncimat simogatja. Vadul csókolsz. Élvezem a gyönyört, amit okozol. Én is elkezdek matatni. Odahúzlak, pólód alá nyúlok a hátadat simogatva, miközben csókolózunk. Azután előrecsúsztatom a kezem, és nadrágodba nyúlva érzem férfiasságod keménységét. Légzésed szapora, ahogy hozzáértem, és mozgatom kezem le-fel. Bugyimat félretolod, én lejjebb húzom nadrágodat, és belém hatolsz. Kicsit elhelyezkedem, hogy valamennyire kényelmesebb legyen neked. Lábam a kormányon, a másikat az ülésed fölé rakom, hogy hozzám férj teljesen. Már beesteledett, csak az autók fényszórói világítanak meg bennünket néha. Tologatsz, ahogy elöntött a vágy, és a mellemet markolászod. Nagyon kívánlak, vadul csókollak, és húzlak magamra. Fenekedet markolom, segítek a mozgásban, hogy jó mélyen bennem legyél. A fejemet hátrahajtom, a nyakamat csókolod, miközben folyamatosan vadul tologatsz.

– Nagyon kívántalak – súgod oda. – Olyan szexi ez a ruha.

– Én is téged, szívem – mondom neked, közben sóhajtozom, és élvezem a gyönyört, amit okozol. Azután egyik kezemmel lejjebb nyúlok, hogy elérjem zacskóidat, és érzékien markolászom, simítom, még nagyobb örömöt okozva neked. Már nem kell sok, hamarosan az orgazmus kapujába érünk. Együtt rándul a testünk. Lassan kicsusszansz belőlem, és visszamászol ülésedre. Előveszek pár zsebkendőt, hogy meg tudjunk kicsit törölközni. Iszunk egy kortyot, és lassan indulunk tovább. Egy óra utazás, és haza is érünk. Elmegyünk együtt tusolni, megpihenünk a kanapén kicsit, ölembe hajtod fejedet, simogatlak, és azután indulunk az ágyba, és egy vad szeretkezés után egymás karjaiban alszunk el.

Nyitom a kaput. Feljössz. Én már bekapcsoltam a zenét, halkan szól a szobában. Bejössz, megölellek, megcsókollak, s úgy, az ölelésben meg is simogatlak.

Te is engem, ahogy csókolsz. Azután leülsz a székre, és nekilátnál vetkőzni, de én megkérlek, maradj csak így ülve, és a zenére, a ritmusra mozogni kezdek. Eléd állok, és ringatom a csípőm, erotikusan táncolok, csak a zenére, ahogy szól. Ráteszem a térdedre a kezeimet, odahajolok, megcsókollak, közben oldalra mozgatom csípőm, jobbra és balra, váltva, azután szépen lassan beleülök az öledbe. Ahogy ülök, mozgatom fenekemet előre-hátra, és közben lecsúsztatom magamról selyem köntösöm, amiben vártalak. Csak a babydollom, és falatnyi bugyim a combfixszel van rajtam. Mozgok a zenére, fejemet hátrahajtom, és végigsimítom magam a kezeimmel, a nyakamtól lefelé, egészen a puncimig, miközben mozgok rajtad. Érzem, férfiasságod reagál, légzésed szapora. Átölelsz és odahúzol, hogy megcsókolj. Kicsit megemelem magam, és kihámozlak nadrágodból, majd visszaülök öledbe. Miközben bugyimat félretoltad, rácsusszanok a farkadra. Egyenletesem mozgok, továbbra is rajtad, miközben nyakadat átölelve csókollak. Te egyik kezeddel a csiklómat simogatod, másik kezed fenekemet markolja. Ah, micsoda gyönyör! Jó mélyen bennem vagy. Kicsit gyorsabban mozgok, és meg is emelem magam, hogy fel-le is tudjam csinálni. Azután lassan felállok, megfordulok, háttal neked csusszanok újra rád. Érzékien mozgok rajtad. Átkarolod derekamat, és segítesz a mozgásban fel-le. Majdnem lecsúszom, épp a farkad hegye marad a puncimban, majd visszaereszkedem. Előrenyúlsz, hogy a csiklómat elérd, és érzékien simogatsz, épp érintve, lassú mozdulatokkal, ahogy én is mozgok. Azután lassan megemelkedsz, és így, hogy bennem vagy, leereszkedünk és folytatjuk. Négykézláb állok, te hátulról tologatsz, miközben simogatod, markolod a fenekemet. Én simogatom magam alattad. Hamarosan a gyönyörbe juttatsz, de várom, amíg megérzem, kőkemény vagy bennem, és érkeznél te is.

– Gyere, szívem toljál!

Te pedig erőteljes mozdulatokkal, ahogy elönt még jobban a szenvedély, löködsz, míg érzem, rándul a tested, hangosan sóhajtasz, és én is beleborzongok az orgazmusba. Kicsit megpihensz a hátamra hajolva, majd miután kicsusszansz belőlem, átmegyünk az ágyra és beszélgetve pihenünk egy félórát. Ezután a masszázságyra invitállak, ahol megsimogatlak, meggyúrlak kicsit, majd hátadra fordítva kényeztetlek, csókollak, és férfiasságodat újra hadirendbe állítva szopogatom, nyalogatom, kezemet mozgatom, míg érzem, már majdnem elmennél újra. Felültetlek, előrehajolok az ágyra, te mögém kerekedsz, és belém hatolsz hátulról gyorsan tologatva; ez olyan vadulós szex, és újra az orgazmusban vagyunk együtt.

Azután öleljük egymást, kicsit elhemperedünk az ágyon újra, míg indulnod kell.

✵

Írom a meséket, már február van. Kilenc hónapja szeretői szerepben vagyok.

Sosem voltam, nehéz. Én nem tudtam. Szembesülni mindennap azzal, hogy hiába a vágy, az együtt töltött órák, a szeretett férfi nem alszik el a karodban, nem ébred melletted, nem lehetek az első, csak a valahányadik az életében, mert igen, szeret – mert mindenkit szerethetünk valamiért –, de annyira nem, hogy egészében azt a boldogságot válassza, amit adhatok neki.

Kész tények elé állítani nem szabad: hátraarc lenne... de meddig mehet ez így tovább?

Sosem követelőzöm, belenyugszom abba, ami van, annak ellenére, hogy tudom, sokkal többet érdemelnék.

Változtatna-e értem? Változtatna-e magáért? Nem kérdezem, de lehet, hogy kellene.

Ha pedig megkérdeztem, el kell fogadnom azt, amit mond majd.

Amit érzek, pedig az, hogy neki elég ennyi.

Óvatosan már megtettem: kértem, férjek bele jobban az életébe. Ígéretet kaptam, de a cselekedet az nincs meg. Egy hete nem találkoztunk megint.

Azt tudom, hogy így nem szeretném tovább, tehát a magam érdekében lassan sort kell kerítenem erre a beszélgetésre.

Az érzéseim elmélyültek, változtak... nem így indult, de ez lett.

✵

Hajóútra mentünk. Már régebb óta terveztük, hogy milyen jó lenne kicsit pihenni.

Egyhetes útra fizettünk be.

Van egy kis kabinunk franciaággyal, mert ezt kértük, és egy kis mosdó zuhanykabinnal.

Nincs nagy hely, de épp elég.

A napi program a reggelivel indul. Mi a második szinten vagyunk, az étterem egy szinttel feljebb. Míg mi reggelizünk, a szobalányok már nekilátnak kicsit kitakarítani a kabint: szemeteszsák-csere, fürdőfrissítés, ilyesmik.

Mire végzünk, már a szép, illatos kabin fogad.

Ma megállunk egy helyen, kicsit kiszállunk, és kirándulunk majd.

Tizenegy felé érkezünk meg.

Ahogy felmegyünk a fedélzetre, csodás látvány fogad minket.

Kikötő, tele hajókkal, de ahogy távolabb nézünk, látszik a gyönyörű fehér homokos partszakasz pálmafákkal.

Leszállunk, és 1–2 órát eltöltünk a város felfedezésével, a kis utcák bejárásával. Mivel este indulunk csak tovább, van idő egy kicsit lesétálni a tengerpartra. Meseszép a gyönyörű zöld víz, a homok. Ahogy sétálunk, levesszük cipőinket, s a tenger vize nyaldossa a lábunkat.

Eljutunk egy kis, félre eső részhez; olyan, mintha egy kis külön sziget lenne, bokrokkal, pálmákkal körbevéve.

Levetkőzünk, kicsit elfekszünk, élvezzük a nap sugarait, a tenger illatát.

Egymás mellett fekve, kézen fogva beszélgetünk.

Nagyon romantikus a csend is, csak a tenger halk zúgása hallatszik.

Az oldaladra fordulsz, könyökölsz, fejed a tenyeredben. A másik kezeddel megsimogatsz.

– Milyen szép vagy, ahogy rád süt a nap! – mondod nekem.

Felnézek és odahúzódok, hogy meg tudjalak csókolni.

– Kedves vagy, kis szívem – válaszolom.

Ahogy odafordulok, magadhoz húzol, szorosan átölelsz, és tartasz a karodban... Milyen jó így! Bár sose múlna el a pillanat!

Azután visszateszel óvatosan a homokba, s a nyakamtól indulva simogatod a testem. Kis ruha van rajtam, vékony pántos, kivágott, épp a fenekemet takarja a hosszúsága.

Amikor a melleimhez érsz, beljebb nyúlsz ruhámba, hogy elérd, és kezedbe fogva cirógatod. Azután kihúzod a kezed, és a ruhán keresztül haladsz lefelé.

Érzem, ahogy elönt a vágy az érintésedtől.

A hasamnál jársz, és ujjaiddal lefelé lépkedsz. A combomhoz érve beljebb csúszik kezed, falatnyi bugyimat simogatod, és félretolva a puncimhoz érsz. Csak úgy óvatosan, épp érintve. Kiráz a hideg. Odahajolsz, megcsókolsz, és ujjaidat belém tolva izgatsz tovább, közben vadul csókolsz. Légzésed szaporább: érzem, hogy megkívántál.

Kezeddel végigsimítod lábamat, és a fenekem alá nyúlva meg is markolod.

Azután fölém kerekedsz. Én simogatom a derekadat, hátadat, lassan lehúzom nadrágodat. Érzem férfiasságod keménységét, ahogy elöntött a vágy.

Félretolod kis bugyimat, és belém hatolsz hatalmas sóhajjal. Lassan mozogsz bennem, közben csókolsz és a fejemet simogatod.

Én is simogatlak úgy, ahogy annyira szereted. Feljebb húzom lábaimat, te pedig vadabbul kezdesz mozogni bennem, egyre gyorsabban, azután lassan.

Kicsit oldalra fordulsz, hogy hozzám férj, és simogatod a csiklómat, ahogy ki-be jársz bennem. Hatalmas gyönyörben tartasz.

Azután visszasimulsz rám.

– Édes, így szeretnék ma elélvezni – mondod nekem. – Rajtad. Így olyan jó.

Tudomásul veszem kérésedet, és ma így lesz. Én is élvezem ezt a pózt, és a szenvedély, ami elöntött, hihetetlen. Érzem, nemsokára megérkezem.

– Gyere, szívem, gyere te is! – mondom neked.

Erre vártál: gyorsan, mélyen, erőteljes lökésekkel juttatsz az orgazmusba. Együtt érkezünk, rándul a testünk, lüktetek. Rám fekszel, megpuszilsz.

– Csodás volt, édesem... mint mindig.

Kicsit pihenünk még a homokban, azután ruhánkat otthagyva megmártózunk a tengerben, és lassan indulunk is vissza a kikötőbe, hogy időben érkezzünk.

Kabinunkban letusolunk, átöltözünk a vacsorához, és kézen fogva indulunk az étterembe.

###

A melegből a hidegbe: most síelni mentünk el a havas hegyekbe.

Norvégiát szemeltük ki magunknak. Egy ismerősünk már járt ott, és mesélt a csodaszép tájról, élményeiről, ezért úgy döntöttünk, elmegyünk oda, hogy ne csak képeken lássuk, hanem igaziból a nagy havat, a hegyeket.

Megérkeztünk Malmba. Itt van a szállásunk, amit előre lefoglaltunk.

Malm egy kis falu, a Breistadsundet-szoros mentén fekszik. A népességet tekintve 1200 főt számlál körülbelül.

Egy nagyon szép házikó látványa fogad minket. Hosszú, téglalap alakú, hófehér, négy lakás van benne. Itt vettük ki az egyiket itt tartózkodásunk idejére. Az ajtó fölött kis tető, és még fel van díszítve a karácsonyi dekorációval. Nagyon kedves. Balra egy hosszú épület: itt vannak felsorakoztatva a fahasábok, amelyekkel a kandallóban tudunk befűteni. Mindent hó borít, és szépen kiemeli a pirosra festett falat. Az ajtók fehérek, mint a mesében. Tényleg.

Belépünk a lakáskába, ahol kis előtér és egy hatalmas nappali fogad, innen vezet fel lépcső az emeletre, ahol a hálószoba és a fürdőszoba van.

Lent egy kedves kis kandalló, amiben már hallani a fa ropogását. Jó meleg van.

Elfoglaljuk szállásunkat, kipakolunk.

A szomszédban is egy magyar pár szállt meg. Össze is ismerkedünk, és eltervezzük másnapi útunkat Svédországba, a síparadicsomba. Ez egy 90 perces út lesz

Visszatérve szállásunkra hordunk be még pár fahasábot éjszakára, nehogy kialudjon a meleg tűz. Mindenhol karácsonyi díszítés, fények, romantikus a hangulat.

A földszinten kis konyha található. Készítünk vacsorát, és begömbölyödünk a nappaliban a kanapéra. Hosszú volt az út, én belehajtom fejem az öledbe, te simogatod a hajamat.

Közben beszélgetünk.

Van tévé is, bekapcsoljuk, de csak halk zenét, így pihengetünk.

Kicsit el is szundítunk a fárasztó út után.

Mikor megébredünk, felmegyünk hálószobánkba és fáradtan huppanunk az ágyba, s egymást átölelve alszunk tovább.

Reggel összekészülünk, és indulunk síelni.

A másfél órás út után meg is érkezünk. Sokan vannak már a pályán, remek az idő, sok hó esett, most süt a nap, meseszép a látvány.

Kibéreljük léceinket, felülünk a sífelvonóba, és indulunk a startvonalhoz.

Csúszunk pár kört, azután levesszük léceinket. Iszunk egy forró teát, hogy átmelegedjünk.

Sétálni indulunk a pálya mellett, ahol egy kis szerpentin van kialakítva.

Szép az idő, de hideg van. Nem fázunk, mert rajtunk az overall, sapka, kesztyű. Kézen fogva ballagunk, gyönyörködve a tájban.

Találunk egy friss havas részt, belehuppanunk a hóba, és angyalkát rajzolunk kezünkkel-lábunkkal. Ezután rám fekszel, megcsókolsz, így, itt a hóban. Nehéz ölelni, mert nem érlek át a vastag ruhámtól, de amennyire tudlak, odahúzlak magamhoz, ahogy csókolózunk. Már nem is érzem a hideget, csak a forróságot a testemben.

Megsimogatod az arcomat, és csak nézel.

– De jó itt veled, angyalkám! Mindenhol jó veled.

És megcsókolsz újra.

Bárcsak melegebb lenne, bárcsak levehetném a ruhát! Érezni akarlak, most azonnal, de nem lehet, várnunk kell.

Felállunk, visszasétálunk, és lassan elindulunk haza.

Amint megérkezünk, gyorsan levetkőzünk és indulunk a meleg tus alá.

Átöltözünk kényelmesbe, és lemegyünk a nappaliba, a kanapéra.

Te leülsz, hátradőlsz, én az öledbe ülök és megcsókollak.

A kandallóban ég a fa, melegen tartották nekünk lakást, s gyújtottam gyertyát is.

Fenekemet a kezedbe fogod, és megmarkolod.

– Annyira kívántalak egész nap, édesem.

– Én is téged – mondom neked, és csókollak, simogatlak, kibújtatlak ruháidból.

Felemelkedünk, óvatosan leteszel a padlóra, mellettünk a kandalló melege, fénye...

Végigcsókolod a testem, azután én fektetlek a hátadra, és elindulok csókjaimmal nyakadtól lefelé, közben cirógatlak.

Férfiasságod ágaskodik; elöntött a vágy, ahogyan engem is.

Odaérve megcsókolom, megnyalogatom, számmal kényeztetem. Kezemet lassan le-felmozgatom. Azután haladok a lábad felé, és vissza.

Lassan átemelem a lábamat rajtad, és magamba csúsztatom férfiasságodat. Lassan, egyenletesen mozgok, miközben nézlek, mennyire édes vagy, ahogy élvezed a testemet.

Folyamatos gyönyörben tartalak, le-fel, előre-hátra mozgok. Te a derekamat fogod, lábaidat terpeszbe helyezed, és így mélyen, erőteljes mozdulatokkal tologatsz alulról...

Ah, micsoda gyönyör!

Azután magad alá fordítasz. Hason fekszem, hátulról hatolsz belém, hozzám simulsz, így tologatsz, közben a nyakamat csókolod.

Oldalra fordulok óvatosan, így mozgunk tovább, hátsó oldalfekvésben. Megemeled bal lábamat, hogy kicsit jobban hozzám férj, én a csiklóma simogatom. Te ki-be jársz bennem. Azután négykézlábra állok, és kedvenc pózodban folytatjuk: pucsítok neked, te pedig simogatsz, miközben szenvedéllyel löködsz.

Előrenyúlsz, elérd a puncimat, és simogatsz.

– Mindjárt elélvezek – mondod.

– Én is, édes, én is. Gyere, toljál, löködjél! – és te hangos sóhajokkal, hatalmas lökésekkel juttatsz az orgazmusba, ahová együtt érkezünk, mint mindig.

Lassan kicsusszansz belőlem, odahúzol magadhoz, és kifliben pihenünk meg kicsit.

Húsz perc múlva letusolunk, és visszafekszünk kanapéra. Még egy kicsit beszélgetünk, mielőtt elmegyünk aludni az ágyba egymás karjaiban ismét, amire olyan régen vágytunk már: ezekre a napokra, csakis kettesben.

Ma moziba megyünk. Évek óta nem voltam moziban, de jó. Kinéztél egy romantikus filmet és a jegyet is megvetted: meglepetésnek szántad.

A leghátsó sorba szól a mi jegyünk. Esti előadásra érkezünk.

A székek nagyon kényelmesek és szépek, bársony borítja őket. Vettünk üdítőt és pattogatott kukoricát is.

Elhelyezkedünk, és hamarosan kezdődik a film. Majszoljuk a kukoricát, nézzük a filmet.

Nagyon szép történet egy párról, akik egymásra találnak, elveszítik egymást, és azután újra egymásra találnak.

Tele romantikus jelenetekkel, csókkal.

Kiürült a kukoricás kis pohár, beletesszük a tartóba, iszunk egy kortyot, és egymás kezét fogva, fejemmel a válladon nézzük a filmet.

Kezünk ölemben nyugszik.

Érzem, ahogy finoman simogatni kezdesz. Csak úgy, a kezemben a kezeddel, ujjaddal ahogy eléred combomat. Megpuszilod a fejemet, ahogy ott van a válladon.

Én felnézek és megcsókollak, így kezedet szabaddá teszed, és simogatni kezdesz, ahogy elérsz.

Senki nem ül mellettünk, előttünk a sorban páran, a nagyobb közönség az első sorokban helyezkedik el.

A melegre való tekintettel kis nyári ruha van rajtam, rajtad is rövidnadrág, póló.

Hajam kontyban, hogy ne melegítse a hátamat. A nyakamat csókolod, mellemet simogatod, markolászod.

Én is simogatlak: mellkasodat, hasadat, és halad lefelé kezem lágyékodat érintve. Érzem, megkívántál.

– De itt nem szabad – súgom oda neked.

– Nagyon izgi – mondod –, annyira kívánlak.

Bugyim felé haladva kezeddel simogatsz, és a puncimhoz érve benyúlsz és ujjadat tolod belém, óvatosan mozgatva.

Én is belenyúlok nadrágodba, férfiasságodat kezembe veszem, és lassú mozdulatokkal a gyönyörbe indítalak. Vadul csókolózunk. Már nem számít, ha meg is lát valaki, de azért szemem sarkából néha körbepillantok: ne vegyék észre akciónkat. Ujjaidat kihúzod belőlem, körkörös mozdulatokkal a csiklómat simogatod. Azután ujjaidat visszatolod, és egyenletesen mozgatod ki-be. Én férfiasságodat izgatom kezemmel, a másik kezemmel ölellek.

Te csak tologatod belém ujjadat, én le-fel mozgatom kezem. Hamarosan a gyönyör kapujában vagyunk. Gyorsabban mozgatom kezem, míg magadba fojtva sóhajodat rándul a tested és lihegsz, és engem is a gyönyörbe juttatsz, most már két kezeddel: egyikkel a csiklómat simogatod, a másikkal ujjaidat tologatod belém, míg rándulok, lüktetek, lihegek.

Visszahelyezkedünk a székbe zsebkendővel megtöröllek, és visszahajtva fejem a válladra, kielégülve nézzük tovább a filmet. Odafordulsz és fülembe súgod:

– Ez nagyon izgalmas és csodás volt, szívecském. Veled mindig minden olyan jó. Köszönöm, hogy vagy nekem.

Mikor vége a filmnek, kimegyünk, fogunk egy taxit és indulunk haza. Beállunk a tus alá, és felfrissülünk.

Utána pedig indulunk az ágyba, vadul szeretkezünk most már egymáshoz simulva, te bennem, majd a fáradtságtól elszenderedünk egymás karjaiban, újra kielégülve.

Találd meg te is életedben azt a személyt, aki felébreszti benned a vágyat, és megélheted vele a gyönyört.

✿

Már hetek óta gyakoroljuk a falmászást, egész jó móka. Arra gondoltunk, kipróbáljuk ezt a természetben is. Felszerelkezve hátizsákkal, némi élelemmel, itallal indulunk útnak reggel a közeli hegyekbe. Nem nagy magasságra, de ma mászni fogunk.

Feltérképeztük a környéket, szakember véleményét is kikértük, útbaigazítást is kaptunk, és megbeszéltük az illetékesekkel, merre leszünk, ha történne valami. Biztos, ami biztos.

Autóval megyünk, és a hegy lábánál le is tudunk parkolni. Onnan egy kis szerpentin vezet felfelé, ahonnan mászni fogunk. Délelőtt van, süt a nap, egészen szép idő van ma.

Nagy gondot fordítottunk a felszerelés megvásárlásánál mindenre, nehogy valami lemaradjon, ami a biztonságunkhoz kell.

Roppant fontos egy megbízható beülő beszerzése. Ennél lényeges, hogy könnyű legyen, ne csússzon le a derekunkról, és a számtalan réteg ruhán keresztül is megfelelően tartson. Nem utolsósorban nem elhanyagolható dolog, hogy nem kell semmi extrém dolgot ráakasztgatni, így rendelkezhet vastagabb és szélesebb hevederrel.

Azután a hágóvas, karabiner, bakancs, zseblámpa, fejlámpa stb.

Hátizsákunkban melegebb pulóver is van, mert valószínűleg estefelé már kelleni fog.

El is készültünk, nekilátunk meghódítani a hegyünket. Szépen haladunk felfelé, néha megpihenünk kicsit. Érdekes, izgalmas élmény, főleg nekem, mivel a magasságot nem nagyon bírom, így ez egy kihívás is volt: legyőzni a félelmemet. Szerelmemmel ezt nem osztottam meg, ne aggódjon miattam, hogy esetleg félek, és nem tudok figyelni. Mellette biztonságban érzem magam, semmi gond nem lehet.

Kicsit beborult az idő, de nem aggódunk: mára nem jeleztek rossz időt. Ám azután egyik pillanatról a másikra dörgés, villámlás, és leszakad az ég. Atyaég! Most mi lesz? Nagyon elázunk, miközben igyekszünk felfelé. Ahogy jobban szétnézek, mintha lenne egy kis üreg. Szólok is édesemnek:

– Nézd csak, lehet, hogy az egy barlang.

Nehezen, küzdve az időjárással felérünk, és bemegyünk a barlangba. Legalább már nem ázunk. Ázott ruháinkat levesszük. A hátizsákból előveszem pulóvereinket, azokba bújunk bele.

Van nálunk gyufa is, és felfedezek pár ágat, amiből tüzet is tudunk gyújtani magunknak, hogy kicsit átmelegedjünk.

Miután lenyugszom és erősen palástolom pánikérzetemet, előveszem szendvicseinket, teát, és elfogyasztjuk. Öt óra van, de olyan sötét, mintha este lenne. Telefon is van nálunk, de nincs térerő, így senkinek nem tudunk szólni.

A barlangban vannak kis, kiemelkedő részek, oda felrakom ruháinkat: száradjanak, amennyire tudnak.

Ahogy kedvesem ott ül, belegömbölyödöm az ölébe, és így pihenek kicsit. Ő simogatja a fejem és megnyugtat: semmi baj nem lesz, elmegy a vihar, és lejutunk, ugyanúgy, mint ahogy feljöttünk.

Áldom az eszem, hogy betettem ezeket a meleg pulóvereket magunknak.

Kicsit feljebb helyezkedem, fejem szerelmem vállán, átkarolom derekát, egyik lábam ölén nyugszik.

Felnézek rá. Ő lenéz rám, közelebb hajol és megcsókol.

– Minden rendben lesz, szívem – mondja nekem.

Megsimogatom az arcát, és lefelé haladva kezemmel végigsimogatom mindenét. Azután felállok, dobok a tűzre pár galylyat, amiket találtunk, és visszafekszem karjaiba.

A barlang védett, és ahogy ég a tűz, egészen meleg van, és bármilyen félelmetes, egyben romantikus és izgalmas.

Visszafekszem karjaiba, megcsókolom újra, és ahogy csókolózunk, elönt a forróság.

Simogat, benyúl pulóverem alá, a hátamat cirógatja, halad lefelé fenekemig, ameddig elér.

Azután óvatosan megemel és lefektet a tűz mellé, nehogy fázzak, és csókol, simogat tovább.

Rám fekszik. Benyúlok ruhája alá, végigcirógatom a hátát, lábaimmal a derekát ölelem át. Érzem ahogy megkívánt. Légzése szapora.

– Annyira imádlak, édesem – súgja oda nekem. – Kívánlak nagyon.

Végigsimítja combjaimat, és vadul belém hatol, miközben csókol.

Nincs olyan pillanat, ha hozzám ér, hogy meg ne kívánjam. Ez a szenvedély, vágy hihetetlen. Nagyon kevés embernek adatik meg ez. Fenekét markolom és segítek mozogni, hogy jó mélyen bennem legyen.

Egyenletesen, erőteljesen tologat.

Micsoda gyönyör!

Kis idő után helyet cserélünk: először mellé fekszem, simogatom a mellkasától lefelé haladva. A férfiasságához érve először kezembe veszem, fel-le mozgatom, azután számmal kényeztetem, addig-addig, míg érzem, majdnem a gyönyörbe ér. Akkor megállok, és csak simogatom újra, Majd fölé kerekedek, rácsuszszanok, és már mozgok is előre-hátra. A karommal támaszkodom, ő melleimet simogatja, markolássza.

Azután ráfekszem. Egyik lábamat kicsit felhúzom, így mozgok tovább fel-le, előre-hátra, közben vadul csókolom.

Azután felülök, megfordulok háttal neki. Ő a derekamat fogja, fenekemet markolja, én pedig mozgok egyenletesen és hátrafekszem, de maradok így. Ő a csiklómat simogatja, miközben mozog alattam, tologat erőteljesen.

Hamarosan az orgazmus kapujába érek. Lassabban mozgok, megvárom őt is. Együtt érkezünk, rándul a testünk, lüktetek.

Pár perc, míg légzésünk helyreáll. Érzem, kicsusszan belőlem. Akkor mellé fekszem, megcsókolom.

– Csodás volt, édes – és pár perc múlva mind a kettőnk szeme lecsukódik a hosszú, fárasztó nap után.

Én hajnalban ébredek. Meleg van. Mintha mi sem történt volna, a napocska már erőlködik a felhők mögül.

Később kicsit szerelmem is felébred, összeszedjük magunkat, és indulunk lefelé.

Két óra múlva le is érünk, bepakolunk autóba és indulunk haza.

Ma este mulatni megyünk. Kicsit kiengedjük a gőzt, úgy döntöttünk, a sok munka után, és régen táncoltunk. Találtunk is egy jó helyet, ahol esténként élő latin zene van, és nem is annyira lebuj-forma.

Összekészülődünk. Már ki raktam a ruháinkat. Neked farmerból készült, rövid ujjú, kényelmes ing, magamnak pedig egy testhez simuló rózsaszín mini ruha, magas sarkú cipő. Nagyon szeretem a magas sarkút, és melletted fel is vehetem – még így is magasabb vagy nálam. Imádom ezt. Táncolni is tudok benne, nem gond. Hajamat lófarokba fogom. Barátokkal megyünk, este nyolckor találkozunk a ház előtt velük. Fogunk egy taxit, és megcélozzuk az irányt.

Hamarosan meg is érkezünk. A hely nagyon klassz, kellemes, vannak jó páran, mégsem érezni tömegnek. Van egy táncparkett, és körben asztalok. Mi is foglaltunk egyet, oda ülünk le.

Rendelünk magunknak italt, és beszélgetünk kicsit. A zene nem nagyon hangos, nem kell kiabálnunk.

Egyelőre a zenekar is csak halkan játszik.

Tíz óra felé azután megszólal a salsa. Ahogy beszélgetünk, nevetgélünk, szinte egy perc alatt megnémulunk: a zene magával ragad mindenkit.

Egymás után állunk fel és lépünk a táncparkettre, ami kezd megtelni. Szinte senki nem marad az asztaloknál: idősebb-fiatalabb – mindenki a maga módján – táncolni kezd. Vannak itt kezdők, haladók, de a jókedv a lényeg.

Mi is párba állunk, először nem szerelmemmel, mert a barátja gyorsabb volt, lecsapott a kezéről, így várnia kell. Tanultam latin táncot, nagyon imádom. Érzékiség, szenvedély, boldogság... talán ezek a megfelelő szavak, és a bizsergés, ami a testemet átjárja, ahogy meghallom. Szinte magától kel életre a lábam, mindenem.

Mi tagadás, nagyon erotikus kisugárzással rendelkezem alaphangon is. Ezek a gének.

Ahogy táncolunk, én csukott szemmel, szinte átélve a zenét néha-néha felpillantok: megszűnt a tér körülöttem, csak a zene a partnerem, és én.

Ő még nem olyan ügyes, de igyekszik nagyon.

Ahogy vége a számnak, már játsszák is a következőt, és édesem gyorsan szalad lekérni.

– Féltékeny voltam – súgja oda nekem –, ahogy a derekadat fogta, meg minden.

Nagyot nevetek rajta.

– Féltékeny? Egy tánc volt, semmi más. Gyere, szívem, pörgess meg! – mondom neki.

Egymással szemben állunk, csípőnk összeér, és ritmusra mozgunk. Fenekemre csúsztatja kezét, azután derekamra, visszaoldalra hajol, és úgy tart. Én fejemet hátrahajtom, a nyakamat csókolja, majd hirtelen felhúz, kipörget, magához ránt.

És újra együtt mozog a csípőnk, lábunk, kezünk egymás kezében.

Lassan oszlik körülöttünk a tömeg, egyre nagyobb helyünk van. Annyira beleéljük magunkat, gyönyörű látványt nyújtunk, ahogy ennyire érezzük egymás rezdülését.

Tapsolnak nekünk.

Kifulladva megyünk asztalunkhoz, mikor véget ér a zene. Iszunk pár kortyot, mert megszomjaztunk.

Kicsit megpihenünk, és újult erővel táncolunk még pár órát.

Hajnalodik, lassan indulnunk kellene. Mi sétálunk, szólunk a többieknek: szép idő van, kell a friss levegő.

Elköszönünk, és indulunk haza kézen fogva. Átbeszéljük, mennyire szuper este volt.

– Ezt megismételhetjük bármikor – mondom szívecskémnek.

– Igen, jó ötlet – helyesel ő is.

Ahogy lépkedünk, egyszer csak megáll, odahúz magához és megcsókol.

– Annyira szexi vagy ebben a cuccban! – mondja nekem, és csókol, simogat.

Úristen!

Elönt a vágy abban a pillanatban, ahogy nyelvét megérzem a nyelvemen.

Még két sarok, és otthon vagyunk. Egyszer csak megfogja a kezem, és húz magával.

– Gyere, édes! Egy kis apró utca van itt, olyan sikátorszerű, sehol egy lélek.

Odatol a falhoz, és csókol, légzése szapora.

Mellemet markolja, fenekemet simítja, és szoknyámat gyűri felfelé.

– Annyira kívánlak – lihegi. A bugyimat félretolja, és erőteljesen belém hatol. Hihetetlen, miket csinálunk. Egy utcán? És ha valaki meglát? De el is engedem a gondolatot, mert én is annyira kívánom. Passzíroz a falra, tologat, csókol.

– Imádlak – mondja nekem. – Imádok veled szexelni. Nincs még egy ilyen kívánatos nő, mint te.

– Toljál, édes!

Lábaimat derekára teszi, úgy tartja, és tologat erőteljesen. Pár perc és az orgazmusban vagyunk, sikítok, lüktetek, s hangos nyögéssel ér ő is a csúcsra. Vállamra teszi a fejét, kicsit megpihen, lábaimat leengedi, megcsókol.

– Csodás vagy, szívem – mondja.

– Én is imádlak téged – mondom neki.

Kicsit rendbe szedjük magunkat és kiosonunk az utcából, s mintha mi sem történt volna, haladunk hazafelé.

Tizenöt perc, és megérkezünk. Ledobáljuk ruháinkat, és megyünk felfrissülni a meleg víz alá.

Utána pedig ágyba huppanunk kifulladva, egymást ölelve. Jó éjt.

✦

Pár napja találkoztunk, de nagyon hiányzol. Arra gondoltam, elmegyek hozzád a munkahelyedre. Az autómmal amúgy is valami kis bibi van, kattogást hallok néha.

Be is jelentkeztem egy átvizsgálásra. Nem te vetted fel a telefont, jobb is így hivatalos a dolog.

Mikor odaérek, egy kedves fiú fogad, és kéri, hogy álljak meg a bejáratnál, és a többit ő majd intézi.

Elmondja, hogy menjek be a főnökhöz, aki majd felveszi kocsi adatait stb., és nála fogok fizetni is.

Elindulok irodád felé. Bekopogok, mikor odaértem. Kiszólsz: „szabad”, én pedig belépek.

– Szia, édesem – mondod. – Hát te?

– Elhoztam autót, hogy át legyen nézve, biztos, ami biztos, mert nagyobb útra készülök, és valami nincs rendben.

Kis iroda, de nagyon kedves. Egy asztal, körben szekrények, két szék neked és a kuncsaftnak. Van egy fogas, ahová a kabátot lehet akasztani. Most jó idő van, szikrázóan süt a nap. Le is vannak engedve a napellenzők, hogy ne legyen kánikula bent.

Felállsz és odalépsz hozzám, de előtte az ajtón lévő kis rolót is lehúzod, így nem lehet belátni az irodába. Nagyon aranyos vagy ebben az overallban, ami rajtad van. Te is dolgozol, nem csak főnökösködsz.

Átkarolod a derekam, magadhoz húzol, és meg is csókolsz.

– Milyen gyönyörű vagy – mondod nekem.

Rajtam kis mini ruha van a melegre való tekintettel, világoskék, pántos, A vonalú, alatta falatnyi bugyi, melltartó, és egy szép kék magas sarkú cipő.

A hajamat is összetűztem, hogy ne melegítse hátamat.

Kezeddel végigsimítasz a derekamtól lefelé haladva fenekemen, ruhámat feljebb húzod, és vadul csókolsz.

– Milyen kívánatos vagy, szépségem! Mindig felizgatsz.

Azután ölelésben lépkedve irányítasz az asztalod felé, megemelsz derekamnál fogva és felültetsz rá. A lábaimat terpeszbe húzod, és lefektetsz így óvatosan, miközben ruhámat már a derekamra toltad.

Én is simogatlak, és igyekszem lehúzni overallod pántját rólad, hogy hozzád férjek.

Elöl cipzáros, könnyen csúsztatom le rólad. Bugyimat félretolod, mellemet markolod, és fölém hajolsz, úgy csókolsz.

Én kezeimmel igyekszem megszabadítani téged alsónadrágodtól. Érzem férfiasságodon, mennyire megkívántál. Ahogy lehúzom, belém is hatolsz vadul.

– Bezártad az ajtót? – súgom oda neked.

– Igen, kicsim bezártam – mondod. – De nem jön ide most senki, dolgoznak – és vadul kezdesz tologatni. Elöntött minket a vágy.

– De jó benned lenni, érezni a testedet! – mondod.

Csókollak, magamra húzlak.

– Toljál, édes, jó mélyen, vadul! Olyan izgalmas ez az érzéki vadság.

Lehúzod ruhám pántját, a mellemet szopogatod, és simogatod a derekam. Azután csókolsz újra, és erőteljesen tologatsz.

Feljebb hajolsz, a csiklómat simogatod, úgy löködsz tovább, hatalmas gyönyörben tartva.

– Nem bírom sokáig, szívem – mondod nekem.

– Én sem, édes. Annyira kívántalak. Gyere, toljál vadul, hevesen, mélyen.

És te egyre gyorsabban mozogsz. Légzésed szapora. Együtt érkezünk, mint mindig a gyönyörbe, de most csak halkan, nehogy meghallja valaki. Egy hatalmas lökés még, és rám simulsz.

Nincs sok időnk, gyorsan összeszedjük magunkat. Adsz nekem egy kis törlőkendőt. Megtörlöm magam, a hajamat rendbe rakom, óvatosan kinyitom az ajtót, és leülünk szemben egymással az asztalnál.

– Csodás volt, szívem.

Kicsit még beszélgetünk, majd kopogást hallunk az ajtón.

Bekukkant a fiú, aki fogadott.

– Hölgyem, kész az autó, minden rendben. Csak kis apró baj volt, de megcsináltam.

– Köszönöm szépen – mondom én.

– Kis szívem, örülök hogy eljöttél, és amint tudok, megyek hozzád – mondod nekem.

Még egy búcsúcsók, ölelés, és indulok haza.

– Vigyázz magadra, és várlak majd nagyon.

✦

Elutaztunk hétvégére egy kis kikapcsolódásra. Nagyon kedves szállodát találtunk, 2 nap, egy éjszaka, amit itt töltünk kettesben. El tudtad intézni, hogy elszökj otthonról, és a miénk legyen ez a kis idő.

Tegnap csavarogtunk a közeli városban, ma pedig csak a pihenés. Szaunázni indulunk.

Kapunk szép kis köntöst, útba igazít a személyzet, hol találjuk a kabint, így lemegyünk a földszintre, és a kis folyosó végén meg is találjuk.

Belépünk. A hőfokot már beállították nekünk, nagyon kellemes, nem túl melegre kértük.

Elfekszem az egyik padon, te a másikon. Nem nagy a hely, így meg tudjuk fogni egymás kezét.

Érzem, ahogy átjár a meleg. Testemről apró vízcseppek csordogálnak a padra, s látom, nálad is ez történik. Beszélgetünk, nevetgélünk, a törölközőbe megtörlöm arcom néha.

Felülsz kicsit, így beszélgetünk tovább. Én fekve maradok, nyújtózom is egyet.

Átbeszéljük, milyen klassz volt a tegnapi nap, és hogy a szauna után mik a terveink. Lehet, hogy elmegyünk egy jó masszázsra is; a mai nap csak a relaxálásról szól, hisz' estefelé már indulunk haza.

Én is felülök, és átmegyek. Melléd ülök, fejem válladra hajtom, kezünk egymásba fonódva. Behunyom a szemem, jó ez a csend, a pillanat, érezni a testedet, ahogy hozzám ér a lábad, derekad.

Megsimogatom combodat, derekadat és arcodat, csak így, miként elérlek, ahogy ülök, és te mellettem.

Felém fordulsz és megcsókolsz. Csurom vizesek vagyunk, de nagyon érzéki.

Felállok, és beleülök az öledbe, így csókollak tovább, és kezem végigcsúszik hátadon. Te megfogod derekam, és simogatsz, közben csókolózunk.

Elönt a vágy. Érzem, te is megkívántál. Leszállok öledből, letérdelek, és végigpuszilgatom combodat.

Te a hajamat markolod, és hátamat simogatod.

Férfiasságodhoz érve először kezembe fogom, simogatom, közben mellkasodat puszilgatom, azután haladok újra lefelé. Számba veszem, nyelvemmel kényeztetem. Te hátradőlsz és élvezed a látványt és a gyönyört, amiben tartalak. Miközben nemi szerved számat telíti, zacskódat is izgatom kezemmel.

Érzem, kőkemény lettél. Lassan felállok, és beleülök öledbe. Rácsusszanok farkadra. Te is feljebb helyezkedsz és mozogsz alattam, én pedig rajtad egyenletesen előre-hátra. Csúszik a bőrünk, és a forróság elönti testünket.

Hangosan lihegsz, miközben egyenletesen, ritmusosan mozgunk.

Azután kis idő után megemelsz, lassan kifordulsz alólam, felállsz, felemelsz engem is, és a meleg szaunaajtónak passzírozva, megemelve lábam hatolsz belém elölről. A nyakamat fogod, és vadul csókolsz.

Azután a fenekemet markolod, másik kezeddel lábamat tartod, amit derekad köré fontam.

Mellemet puszilgatod, és vadul tologatsz.

Hirtelen mozdulattal lefektetsz a padra, így folytatod tovább. Szemből hatolsz belém, de a csiklómat simogatva tologatsz. Ah, micsoda gyönyör! Érzem, mindjárt elélvezek. Te is készen állsz, ott vagy velem együtt az orgazmusban. Rándul a testem, megremegsz, hangos kiáltással érkezel. Lihegsz, légzésed szapora.

– Ez isteni volt, szívem – mondod.

Kicsit ki kell mennünk a levegőre. Egymás kezét fogva csobbanunk a hűs vízben, azután még egy kis szauna, és indulunk a masszázsra. Estefelé pedig összepakolunk és indulunk haza: másnap mindkettőnknek munka. Csodás volt ez a két nap együtt.

✿

Hétvégére kempingezni megyünk. Egy szép helyet néztünk ki.

Nem akartunk tömeget, így egy kis, eldugott hely, ahová megyünk. Erdővel körbevett, kis folyóval.

Rajtunk kívül három sátrazó van itt. Az idő gyönyörű, mikor megérkezünk, felállítjuk a sátrat, kipakolunk, kiteszem a kis asztalt székkel, és a napernyőt is.

Te elkezded felpumpálni a csónakunkat, mert csónakázni megyünk majd. Csendes, nyugodt környék, csiripelnek a madarak, lágyan fúj a szél, süt a nap, friss levegő... gyönyörű minden.

Kicsit megpihenünk, iszunk egy tejeskávét, eszünk egy szendvicset. Sétálunk az erdőben egy órácskát.

Mikor visszaérünk, megpihenünk kicsit, kifújjuk magunkat. Elheveredünk a sátorban, átkaroljuk egymást és szundítunk kicsit.

Már este van, mikor felébredünk. A mai csónakázás elmarad, de majd holnap bepótoljuk.

A többiekkel megbeszéltük, hogy este szalonnát sütünk.

Egészen kedves társaság, így az este is jól telik: beszélgetünk, ki honnan jött, meddig marad.

Annak ellenére, hogy aludtunk délután, nagyon fáradtak vagyunk, 10 körül elköszönünk, és lefekszünk aludni.

Reggel korán ébredek, kiülök a kis asztalhoz, kortyolom a kávém, és mélyeket szívok a friss levegőből.

Lassan te is ébredezel. Elkészítem kávédat, és együtt ülünk már a kis asztalnál.

Beszélgetünk kicsit, azután felöltözünk, elmegyünk sétálni. Tizenegy óra van, mire visszaérünk.

Letusolunk a kemping tusolójában, felvesszük fürdőruháinkat, és vízre tesszük a csónakot. Beülünk, bekenem a hátadat napolajjal, nehogy leégj, te pedig az enyémet.

Vizet is raktam be, ha megszomjaznánk. Lassan evezel, én nézem, ahogy izmaid megfeszülnek. Szép tested van, szeretem. Nem kockahas, mégis izmos, ahogyan a karod is, hiszen jársz edzeni. Na meg a foci. Azok a combok, lábak!

Egyszóval mindig megállapítom, mennyire tetszel nekem, ahogy végigmérlek.

Én a nap felé fordítom arcom, kezemmel megtámaszkodom, és sütkérezem. Élvezem a víz illatát, a nap melegét.

– Szívecském, hagyd a lapátokat – mondom neked. – Gyere, te is napozz kicsit.

Behúzod a lapátokat, és elfekszünk a csónakban egymás mellett. Kicsit lengedezik a szél, de csak éppen, hogy. Így sodródhatunk a csónakkal.

Egyik lábamat kiteszem, és így beleér a vízbe. Milyen kellemes! Azután kezemet is kiteszem kicsit, de mikor beemelem, kis vizet hagyok tenyeremben és lefröcsköllek. Te odafordulsz, és nevetve mondod nekem:

– Te kis boszorkány! Imádlak.

Te is lefröcskölsz engem. Mint a gyerekek, úgy viccelődünk. Azután egymás karjaiban nevetünk tovább.

Így, ahogy átkarolsz, hozzád simulok, csak úgy, térdelve, ahogy a csónakban vagyunk, megsimogatom hátad, és meg is csókollak.

Te is megsimogatsz, végig a hátamat, fenekemet. Elönt a vágy abban a pillanatban, ahogy nyelvedet megérzem a nyelvemen, és kezedet a testemen.

Még jobban szorítjuk egymást, és vadul csókolózunk.

Fenekemet simítva beljebb tolod kezed, bugyimat felgyűrve megsimogatsz kicsit, előretolva ujjaidat, a puncimat érintve.

Én is fürdőnadrágodba csúsztatom kezem, s érzem férfiasságod merevségét. A kezembe fogom, és mozgatom ujjaimat le-fel, közben csókollak, és a hátadat simogatom másik kezemmel.

Már a hasamat cirógatod és ujjaid bugyimba csusszannak, a puncimat izgatod, és tolod belém ujjadat.

Kicsit jobban megmarkolom férfiasságod, és erősebben mozgatom kezem. Lassan lehúzom rólad nadrágodat, meztelen vagy...

Te is kicsomagolsz kis bikinimből, és lefektetsz hanyatt a csónakban. Vadul belém hatolsz, és gyorsan, majd lassan mozogsz bennem.

– Édesem, mindjárt elélvezek, olyan dögös vagy – mondod nekem. – Annyira kívántalak, hogy tegnap nem szerelmeskedtünk.

– Toljál, édes! – súgom oda neked, te pedig még mélyebben, még erősebben hatolsz belém. Felemelem a kezemet, belekapaszkodom a csónak belső fogantyújába, és érzékien mozgok alattad. Tudom, imádod. Csókolod az arcomat, simogatod mellemet, szopogatod, nyalogatod, én pedig sóhajtozom a gyönyörtől, amit okozol.

Feljebb húzom lábaimat, köréd fonom, így mozgunk tovább, míg érzem, mindjárt elélvezek.

– Erőteljesen toljál, szívem, keményen, gyere, juttass a gyönyörbe! – és te löködsz, míg érzem, rándulok. Hangosan kiáltasz, mikor te is megérkezel. Rám fekszel, megsimogatod arcomat, adsz egy puszit, kicsit megpihensz rajtam.

Kis idő múlva megmártózunk a vízben, utána újra bekenjük egymást. Ismét evezel, s gyönyörködünk a tájban.

Már alkonyodik, mire visszaérünk. Elkészítem vacsoránkat, kicsit beszélgetünk még, azután egymás karjaiban békésen alszunk reggelig.

Ma este vacsorázni voltunk: a megismerkedésünk első évfordulóját ünnepeltük meg. Megszerveztél mindent, meglepetésnek szántad. Mikor este hazajöttél, kérted, öltözzek fel és induljunk, mert van egy kis meglepetés. Nem gondoltam, hogy eszedbe jut, mert ezekben a dolgokban nem vagy olyan jó, de örülök.

Akkor még nem tudtam, mi lesz, miért megyünk. Gondoltam, csak egy kis kikapcsolódás a fárasztó nap után.

Nagyon hangulatos étterem volt, ahová vittél. Mikor elfoglaltuk asztalunkat, azt mondtad: pár perc és visszajössz, addig nézzem meg az étlapot, és válasszak.

Néhány perc múlva odaálltál mellém – észre sem vettem annyira elmélyedtem a válogatásban.

Megérintetted a vállamat, én felnéztem, és egy hatalmas virágcsokorral álltál ott.

– Boldog évfordulót, édesem. Köszönöm ezt az egy évet, köszönöm, hogy vagy nekem.

Elérzékenyültem, a könnyem, ami örömkönny volt, lecsordult arcomon, miközben felálltam és megcsókoltalak.

– Köszönöm, hogy eszedbe jutott – mondtam neked. – Köszönöm, hogy ezt mondtad. Én is örülök, hogy vagy nekem.

Ezután elfogyasztottuk vacsoránkat, beszélgettünk még kicsit, és sétálva indultunk haza.

Kardigánomat magamra terítettem – nem volt hideg, de estére picit lehűlt a levegő.

Ahogy lépkedünk hazafelé, egy parkon is átsétálunk, és azután ahogy haladunk, bal oldalról egy hatalmas focipálya terül el mellettünk. Halványan ki van világítva, de sehol egy lélek.

– Szereted a focit, én pedig nem voltam még pályán – szóltam –, gyere, kukkantsunk be, sétáljunk át rajta.

Örömmel elfogadod az ajánlatomat.

Mikor a pálya közepére érünk, megállok, kitárom a karom az ég felé, beleszívok a friss levegőbe.

– De jó ez a nyugalom! – mondom neked.

Te hátulról átkarolod derekam, megpuszilod a nyakamat.

– Gyönyörű vagy, édes – mondod nekem.

Így állunk egy darabig, élvezem a pillanatot. Hátrahajtom a fejem a válladra, te átkarolod a derekam. Behunyom a szemem. Olyan jó így.

Azután megfordulok, a nyakadnál összekulcsolom kezem és megcsókollak.

– Köszönöm ezt a szép estét – mondom neked.

Te is átkarolsz, magadhoz húzol, megszorítasz, és úgy csókolsz. Simogatod a hátamat, és kezed lassan a fenekemre siklik.

Megmarkolod, nagyot sóhajtasz.

– Kívánlak, szépségem – mondod nekem.

Engem is átjár a borzongás.

Kardigánomat leveszed rólam, leteríted a fűre, óvatosan lefektetsz, így csókolsz tovább.

Én körbekukkantok, nincs-e valaki errefelé, de minden csendes. Ha van is valaki, nem látom.

Megemelkedsz kicsit, egyik kezeddel támaszkodsz, másik kezeddel kis ruhámat gyűröd felfelé óvatosan, ahogy combomat simítod. A derekamra hajtod, és a hasamnál haladsz lefelé. Bugyimba csúsztatva a kezed a puncimat simogatod.

Lehajolsz, és csókolsz újra. Oldalt vagy nekem, hogy hozzám férj, én is hozzád férek így, és simogatlak, haladok férfiasságod felé.

Nadrágod övét kikapcsolom, lejjebb húzom, és óvatosan alsónadrágodba nyúlok. Érzem, mennyire kívánsz. Légzésed szaporább, ahogy reagálsz az érintésemre.

Teljesen kicsomagollak ruhádból, te pedig bugyimat félretolva hatolsz belém szemből.

– De jó benned lenni, édesem – mondod nekem.

Cirógatom a hátadat, derekadat, s érzem, ahogy libabőrös leszel tőle.

Én is mozgatom csípőmet alattad, még nagyobb örömöt okozva neked. Így mozgunk egy darabig, majd feljebb támaszkodsz, a csiklómat simogatod, így tologatsz tovább erőteljes, egyenletes mozdulatokkal. Nézed, ahogy élvezem az érintést, az együttlétet.

– Szívem, nézni akarom, ahogy elélvezel. Olyan gyönyörű vagy akkor – mondod nekem.

Én pedig rád pillantok, elmosolyodok kicsit, magamhoz húzlak, és odasúgom:

– Gyere, toljál, szívecském.

Mindjárt a gyönyörben vagyok, te pedig gyorsabb mozdulatokkal juttatsz az orgazmusba. Nézed, ahogy vonaglok alattad, sóhajtok a gyönyörtől, rándulok, és jössz te is, belém lövellve forró nedvedet.

Pár pillanat múlva érzem a forróságot a combomon. Kicsuszszantál belőlem. Megcsókolsz.

– Ez annyira jó volt! – mondod nekem. – Csodás nő vagy.

Előveszek pár zsebkendőt, megtörölközünk. Felsegítesz a fűből, kicsit rendbe hozzuk magunkat, és kielégülve, de fáradtan sétálunk tovább.

Haza érve gyorsan letusolunk, és lefekszünk az ágyba, átkarolva egymást.

– Jó éjt, édesem – mondom neked.

– Jó éjt, kis szívem – mondod nekem, és pár pillanat múlva mély álomba zuhanunk.

Mára egy kis perverz vadságot terveztem be. Olyan gyönyörben foglak részesíteni, amiben még nem volt részed. Ez más lesz, mint eddig.

Minden kelléket beszereztem: bilincs, kikötöző, és egy mű, vibráló női nemi szerv.

Mikor megérkezel, felcsengetsz, beengedlek, és repülök a karodba az ajtóban. Végre itt vagy, ölelhetlek, és te is ölelsz engem.

Kicsit beszélgetünk az ölelésben, és lassan lépkedünk a nappali felé. Elmész, megmosod kezed, és mikor visszajössz, újra átkarolsz, és megcsókolsz.

Vártalak nagyon. Ahogy nyelvünk egymáshoz ér, már kezünk is útra kel egymás testén. Lassan levetkőztetlek, te is engem, és megyünk a hálószobába.

Lefektetsz ágyra és végig csókolod a testem.

Kis idő múlva hanyatt fordítalak és megkérdezem:

– Bízol bennem, édes?

– Igen, bízom, szépségem.

Lefekszel a helyedre, odakészítettem már egy párnát is neked.

Az ágyon oldalt már előkészítettem a pántokat, s fel van szerelve, ami a bilincsekhez csatlakozik.

Először bekötöm a szemedet, majd óvatosam rákattintom kezeidre és lábaidra a bilincseket. Kis terpeszben, kikötözve, megbilincselve fekszel, hanyatt.

Elindulok testeden csókjaimmal. Először arcodon, a homlokodtól indulva szemeidet, szádat csókolom érzékien, finoman. Egyik kezemmel támaszkodom, a másikkal testedet simogatom.

Látom, hogy reagálsz csókjaimra, érintésemre, és emelkedik mellkasod, ahogy szuszogsz.

Férfiasságod már mereven áll.

Haladok lefelé hasadon, megnyalogatom, megcsókolgatom, közben kezembe veszem farkadat, és fel-le mozgatom. Mellkasodat kezemmel cirógatom

– Nagyon izgalmas, szívecském – mondod nekem.

Haladok lefelé. Férfiasságodat számba veszem, nyalogatom, épp csak a hegye van most a számban, közben fel-le simítom. Emelgeted a csípődet, hatolnál belém, de most nem lehet. Így kényeztetlek folyamatosan.

Azután kezembe fogom a mű vaginát, amit vettem, és rátolom farkadra. Enyhe vibrációval mozog. Nagyot sóhajtasz.

– De jó érzés! – mondod. Mozgatom, és közben csókolom combodat, és haladok visszafelé a hasadon – a vibrátort folyamatosan mozgatom fel-le, olyan, mintha rajtad ülnék.

Feltérdelek, a vibrátort mozgatom, és közben cirógatlak.

– Lassabban, édes! – mondod. – Rögtön elélvezek, ha nem hagyod abba kicsit.

Ekkor feljebb emelem a vibrátort, megcsókollak, simogatlak. Amint kicsit nyugszol, kezdem újra. Megnyalogatom farkadat, és tolom rá a vibrátort, hatalmas élvezetet adva neked.

Folyamatosan csókollak. Vadul tolod nyelved a számba, vonaglasz a gyönyörtől.

Kicsit még így izgatlak, majd lehúzom a vibrátort és rád ülök. Nagyon felizgultam én is.

Hevesen mozgok rajtad előre-hátra, azután megfordulok háttal neked, kicsit előrehajolok, és mozgok fel-le rajtad, a csiklómat simogatva.

– Mennyire jó, istenem!

Te is mozogsz alattam, ahogyan csak tudsz.

Pár perc múlva visszafordulok, rád simulok, leveszem szemedről a kendőt, óvatosan kicsatolom a bilincseket. Azonnal átölelsz, magadhoz húzol, megcsókolsz, majd hasra fordítasz, és így fekve vadul belém hatolsz hátulról. Lihegsz, sóhajtozol, nyögdécselsz, annyira felizgattalak. Erőteljesen, hevesen tologatsz. Kicsit megemelem csípőmet, így hozzáférsz a puncimhoz, simogatod. A nyakamat csókolod, harapdálod.

Feljebb pucsítok, te is megemelkedsz. Nem vagyok négykézláb, de a fenekemet feljebb tolom.

– Gyere, édes, toljál, löködjél vadul!

Annyira jó ez a vad szex ma. Nem fájdalmas, de érzékien vad. Elkapott minket a hév. Löködsz, gyorsan mozogsz.

– Mindjárt elélvezek, gyere, szívem.

– Jövök, édesem. Annyira felizgattál, hogy mindjárt elélvezek.

Pár perc múlva együtt érkezünk; hatalmas kiáltással, nyögéssel együtt rándul a testünk. Csurom vizesek vagyunk.

Eldőlsz oldalra, miután kicsusszansz belőlem. Én elmegyek, megmosakszom és odafekszem melléd. A takarót magunkra húzom, és egymás karjaiban beszélgetünk kicsit, míg indulnod kell.

– Nagyon érdekes élmény volt – mondod nekem –, jó volt nagyon, kicsikém

– Örülök ha élvezted, szívem – mondom neked.

Egy óra múlva indulnod kell. Felöltözöl, kikísérlek, megölellek és elbúcsúzunk.

– Siess nagyon hozzám! – mondom neked.

– Ahogy tudok, jövök, édes – mondod nekem.

A legcsodálatosabb élmény áll előttünk.

Az ötvenedik születésnapod közeleg, és hatalmas meglepetéssel készültem neked.

Két hét szabadságot vettél ki, és én is. Előre megkérdeztem, ez mikor lesz, mert így tudtam mindent megszervezni.

Gyönyörű nyári reggel köszönt ránk. Én már korán felébredtem, elkészítettem a kávét is, a sajátomat el is kortyoltam.

Lassan te is ébredezel. Odamegyek ágyadhoz, nyomok egy puszit az arcodra, megölellek, és odasúgom neked:

– Jó reggelt, szívem.

Felkelsz, átadom a kis csészédet, és kiülünk a teraszra. Én pár pillanatra visszamegyek lakásba, és egy borítékkal érkezem meg. Átnyújtom neked:

– Boldog születésnapot, szívem.

Kinyitod a borítékot: repülőjegy van benne. Úticél: Kuba

– Úristen, szívecském! Nagyon köszönöm.

Két nap múlva indulunk, tíz napot fogunk eltölteni Varaderóban. Lefoglaltam a szállásunkat is, és körbenéztem, milyen programlehetőségek lesznek. Alig várom. Mint a mesében, olyan lesz. Bízom benne, hogy találunk táncos helyet is ott.

Ez a két nap a készülődésről szól. Mindent elintézünk.

Eljött a várva várt nap, 10 órányi repülőút áll előttünk.

Korán reggel indulunk a reptérre, és miután becsekkoltunk stb., hétkor fel is száll a gépünk.

Az út során kicsit szunyókálunk is, estefelé érkezünk Havannába.

Itt még egy 135 km-es út áll előttünk, míg megérkezünk a szállodánkba.

Taxit fogunk, indulunk is a reptérről tovább. (Már előre megnéztem a lehetőségeket, és ez tűnt a legbiztonságosabbnak.)

Nagyon nagy megkönnyebbülés, mikor a szállodához érünk. Vége ennek a hosszú útnak. A Melia Varaderóban leszünk.

Első pillantásra semmi extra nincs: egy kockaépület fogad minket, U alakú, ívelt bejárattal.

Beljebb megyünk. A recepció és a földszint csodás látvány: minden csillog-villog, egymás mellett három pult helyezkedik el, a másik oldalon asztalok, fotelek, ha megpihenne valaki.

Bejelentkezünk, és elfoglaljuk a szobánkat.

Gyönyörűséges látvány fogad minket, ahogy belépünk. Hatalmas nagy franciaágy a bal oldalon, rajta színes díszpárnákkal, jobb oldalon egy kis asztal székkel, tükörrel, mellette egy komód tévével, szemben a teraszra nyíló erkélyajtó, mellette nádfotel párnával.

Leteszem a bőröndömet és kinyitom az erkélyajtót. A teraszon is kis rattan asztal, fotel, kényelmes párnákkal. És a kilátás... egyszerűen mesés. Olyan szép, hogy az az érzésem, ha ugranék egy nagyot, már a tengerben lennék. A szellő simogatja a bőrömet.

Te is kilépsz mellém, átkarolsz, megpuszilod a fejem és odasúgod:

– Köszönöm, szépségem ez tényleg gyönyörű.

Kipakolunk nagyjából, és tusolás után mély álomba zuhanunk a fárasztó út után.

Reggel ébredés után lemegyünk az étterembe, megreggelizünk, és a mai terv csak a strandolás.

Gyönyörű fehér homokos part, kristálytiszta víz, pálmafák, nádtetős kis bungalók; mint egy kis ékszerdoboz, úgy néz ki.

A szállodán belül is van egy hatalmas medence, de mi inkább a partot választottuk.

Leterítjük törölközőinket – béreltünk ágyakat, napernyőt is.

Besétálunk a vízbe, kicsit megmártózunk, bekenegetjük egymást olajjal, és élvezzük a napsütést, szellőt, a pihenést.

Délután visszatérünk a szállodába, pihenünk kicsit a hűs szobában, és este vacsorázni megyünk.

Találunk egy kedves helyet: a szállodában útba igazítottak minket.

Megkérdeztük, táncos hely merre van, így a vacsora után elindulunk felpezsdíteni a vérünket.

Meg is találjuk a klubot. A zene, istenem, ez a zene! Belépünk. Sokan vannak. Középen táncparkett, körben fotelek, asztalok.

Mi is veszünk italt magunknak, belevetjük magunkat a tömegbe és táncolunk. Ez a latin zene maga az élet, az erotika, a szenvedély.

Ahogy együtt hullámzik a testünk, érzem a vágyat, ami most sokkal intenzívebben ébred bennem. Ahogy egymáshoz simulunk, megcsókolsz, ölelsz, szorítasz, pörgetsz.

Hajnalra kifulladunk, és visszasétálunk a szállásunkra.

Belépve a szobába szó szerint egymásnak esünk: épp csak becsukódott az ajtó, és a falnak tolsz, csókolsz, passzírozol. Ruhámat felgyűröd a derekamra, lábaimat felemeled a derekadra.

– Annyira kívánlak, édesem, hogy szinte fáj – mondod. Érzem a férfiasságod keménységét, és a légzésedből, hogy elöntött a vágy, ahogyan engem is. Félretolod bugyimat, vadul belém hatolsz, tologatsz erősen, ahogy tudsz, de kis idő után sétálunk az ágy felé.

Ahogy haladunk, mögém állsz, és odavezetsz a kis asztal elé. Lehajolok rá, lábam terpeszben, hasalok az asztalon, te pedig belém hatolsz hátulról és erőteljesen tologatsz.

– Olyan gyönyörű látvány vagy – mondod nekem. – Imádom nézni a feneked, és ahogy ki-be járok benned. Felizgat nagyon.

– Toljál, édes – mondom neked. – Toljál vadul. Te ezen még jobban felizgulva erőteljesebben, gyorsabb mozdulatokkal löködsz.

Hamarosan az orgazmusba érkezünk együtt, mint mindig. Elmegyünk, letusolunk, és már alszunk is pár perc múlva egymás ölelésében.

Másnap a Parque Josone oázisba megyünk. Sétakocsikázás lesz, és pihenés a pálmafák tövében.

Ahogy odaérünk, végigkocsikázunk – gyönyörű a látvány – és azután sétálunk, kicsit leheveredünk a pálmafák tövében.

Most nincsenek sokan. A vízbe lógatjuk lábunkat, így pihenünk, és egymás karjaiba olvadva szeretkezünk, csak óvatosan, nehogy meglásson valaki.

Hazafelé, estefelé betérünk egy étterembe.

Miután rendeltünk, én kimegyek a mosdóba.

– Mindjárt jövök, kicsim – mondom neked.

Pár perc múlva beosonsz a női részlegbe, ekkor már a kezem mosom.

Mögém állsz, megcsókolsz, és betolsz a kis vécékabinba. Egyik lábamat felteszed a toalett tetejére, ismét vadul csókolsz, szoknyámat felgyűröd rajtam. A kabin oldalának nyomsz, és belém hatolsz. Mozog a csípőd, lihegsz. Csókolsz.

– Édesem, annyira gyönyörű vagy, nem bírtam ki.

Közben hallom, hogy belép valaki, és mutatom: maradj csenden. Így lassabban, de löködsz tovább, magunkba fojtva sóhajunkat. Azután megfordulok, megtámaszkodom, lábamat terpeszbe teszem, és hátulról tologatsz, miközben derekamat markolod. A nyakamat csókolod, harapdálod. Tíz perc, és végünk van: hatalmas nyögéssel elélvezünk.

Összeszedjük magunkat. Kinézek, tiszta-e a terep, és intek: menj. Azután pár perc múlva én is megyek. Visszaülök az asztalhoz, iszom egy pohár vizet, egymásra kacsintunk, és megesszük a vacsoránkat. Sétálva indulunk szálláshelyünkre.

Még hét csodás napot töltünk el itt: delfinárium, Saturn-barlang, tánc…

A következő napon a delfináriumot nézzük ki magunknak. Milyen jó lesz ezekkel az emlősökkel együtt a vízben! Azt írták, fotókat is készítenek.

Meg is érkezünk.

Fürdés delfinekkel a Varadero természetes lagúnájában kialakított Delfináriumban. A foglalkozás kis csoportokban történik. A kb. 20 perces fürdőzés során a delfinek játszanak, labdáznak, felugranak, puszit adnak, húzzák-tolják a vízben a résztvevőket.

Először egy kicsit féltem. Kaptunk mellényt, így mehettünk be a vízbe.

Ezek a delfinek csodás lények. A félelmem el is illant pár perc után. Ahogy magamhoz ölelhettem, átjárt a szeretet. Nem is tudom szavakkal leírni, milyen érzés volt.

Ezt mindenkinek meg kellene élnie. A program után megkaptuk a képeket; ez is szép emlék marad.

Estefelé érünk vissza a szállásunkra, felfrissülünk, és vacsorázni megyünk, utána pedig séta a parton.

Hallani a zenét halkan a távolból, ahogy él a hely.

Rajtam hosszú, pántos fehér ruha van, szinte átlátszó, lenge, bő vonalú. Rajtad rövidnadrág pólóval. Meleg van annak ellenére hogy lágyan fúj a szellő.

Levesszük cipőinket és mezítláb sétálunk kézen fogva.

Gyönyörű látvány így este is a part. Szinte csak mi vagyunk, egy pár emberrel találkozunk csak utunk során, akik szintén a séta mellett döntöttek.

Bal oldalról a víz, jobb oldalról pálmafák. Kis bokrok, és azután már a sétálóutca, ahonnan halljuk a zenét.

Megállunk egy percre, szembefordítasz magaddal, át ölelsz és megcsókolsz.

– Milyen gyönyörű vagy, szépségem – mondod nekem. Hajam kibontva, pár szálat arcomba fúj a szél, hátam közepéig ér, be is göndörítettem kicsit, de csak hullámosra, és karika fülbevaló van a fülemben.

A ruhám alatt falatnyi bugyi és melltartó.

Megsimítod hátamat, és fenekemen megpihenteted kezed. Meg is markolod, miközben csókolsz.

Most sincs másképp, mint minden alkalommal, mikor érintesz: elönt a forróság, a libabőr.

Nagyot sóhajtok, és odasúgom:

– Annyira kívánlak, szívem.

– Én is téged, édesem – mondod nekem. Körbepillantunk, hová tudnánk elbújni egy kis szeretgetésre, és fel is fedezünk egy elhagyatottabb, sötétebb bokrokkal körbevett részt.

Elsétálunk arra, és miután meggyőződtünk róla, hogy csak ketten vagyunk, lefektetsz óvatosan a homokba. Megsimogatod az arcom, és csak épp érintve a bőrömet csókolsz finoman.

Vállamról lecsúsztatod ruhám pántját, megmarkolod a mellemet, szádba veszed, szopogatod, nyalogatod. Én simogatlak, ahol elérlek, és élvezem a gyönyört, amit okozol. Azután a számhoz hajolsz, megcsókolsz, és kezed felfedezőútra indul lefelé a testemen. A combomhoz érve óvatosan felgyűröd ruhámat, alá nyúlsz, a hasamat simítod, azután kis bugyimba tolod, a puncimat simogatod, és ujjadat hüvelyembe tolod. Én is óvatosan lejjebb húzom nadrágodat, benyúlok, és megérintem férfiasságodat, ami keményen merevedik, ahogy megkívántál.

Letolom rólad, te is lehúzod bugyimat, rám fekszel, és már csusszansz is belém. Nagyon nedves vagyok, ahogy kívánom mindenedet. Egyenletesen mozogsz bennem, csókolózunk, szorítalak magamhoz.

Majd fejemet hátrahajtva, megemelve mellkasom vonaglok alattad, te pedig simogatod mellemet, és puszilgatsz. Lábaimat nagyobb terpeszbe nyitom, körbeölelem vele derekadat, így mélyebbre tudsz hatolni. Ah! A fenekeded markolom, és segítek a mozgásban.

– Gyere, édes, jó mélyen!

Hevesen tologatsz.

– Érzéki itt a homokban veled – mondom neked. – Szeretlek.

– Én is szeretlek – mondod nekem.

Kicsit feltérdelsz, megemeled csípőm, így hatolsz belém. A csiklómat izgatod és tologatsz. Hamarosan a gyönyör kapujába érkezem.

– Löködj, édesem – mondom neked. Tudod, mit jelent; te is érkezel velem együtt, hatalmas lökésekkel érkezünk az orgazmusba. Rám fekszel megcsókolsz.

– Csodás volt, kedvesem.

Kicsit pihenünk, azután előveszem kis törlőkendőmet, amit bekészítettem már – mint mindig –, és adok neked is.

Pár perc múlva felállunk, és kézen fogva folytatjuk utunkat a parton.

Még egy órácskát sétálunk, és visszamegyünk szállodába. Lefürdünk a kádban, azután a teraszra még kimegyünk, iszunk pár korty üdítőt, beszélgetünk, és mikor már alig tudjuk nyitva tartani a szemünket, lefekszünk ágyunkba, átöleljük egymást, és alszunk reggelig kimerülten.

A Saturn barlang a Varadero repülőtér közelében található barlangrendszer része. Ez a kísértetiesen gyönyörű cenote egy valóságos földalatti úszómedence, amely frissítő pihenést kínál a napsütötte strand után. A barlang tetejéről függnek a sztalaktitok, melyek a víz csillogását és a napsütés elegyét szivárványként vetítve alkotnak csodás látványt. Képen láttuk, és most indulunk, hogy lássuk élőben is.

Megérkezve csodás látvány tárul a szemünk elé. Mint egy festmény. Tényleg olyan, mint a képen: körben a sziklafal, és a közepén a tó, mint egy kis úszómedence, az édes vizével.

Meg is mártózunk, és ha kedvünk szottyan, lesétálhatunk a strandra, mert nincs messze. Jó itt a hűsvösben, ezért maradunk itt. Mikor kimegyünk a vízből, le tudunk ülni a kidudorodó sziklákra és beszélgetünk, pihenünk. Nagyon jó érzés itt lenni.

Estefelé jár már az idő, mikor hazaindulunk. A víz kiszívta minden erőnket, így este csak a teraszra ülünk ki, iszunk egy-egy finom koktélt, amit rendeltünk. Van egy nagyobb rattan fotel, abba kuporodtam be, az öledbe. Vékony takarót terítettem magunkra, így beszélgetünk. Fejemet a válladra hajtom, te pedig átöleled a derekam.

Nagyon jó az ölelésben lenni. Érzem a szuszogásodat, és ahogy emelkedik a mellkasod le-fel.

Megpuszilom az arcodat, meg is simítom. Ennyi erőm van, s érzem, lecsukódik a szemem.

Elszunyókálok az öledben. Mikor megébredek, te még mindig simogatsz, és megpuszilod a fejemet.

– Gyere, kicsim, menjünk be, nem akartalak felébreszteni, olyan édesen aludtál – mondod nekem.

Felállunk, és bemegyünk szobába. Lefekszünk kiflibe, mögém gömbölyödsz, átkarolod derekamat, én megfogom a kezed. Felhúzom a számig, megpuszilom, és lehunyom a szemem. A nyakamon érzem, ahogy szuszogsz. Kis idő múlva megpuszilod a nyakamat, és bal kezeddel megsimogatod az oldalamat, lefelé a fenekemet, combomat, míg eléred.

Annyira édes vagy, gondolom magamban, és átadom magam az érintésnek. Hátranyúlok és kezemmel megcirógatlak, tudatva veled: ébren vagyok.

Közelebb bújsz, rányomod fenekemre lágyékodat, érzem férfiasságod merevségét, ahogy elöntött a vágy. Én is jobban rád tolom popómat. Bal lábamat kicsit megemelem, pucsítok neked így, fekve, ahogy tudok, és te fenekemről lábam közé csúsztatod kezedet. Végigsimítasz érzékien, lassan hasra fordulok, te pedig rám fekszel, belém hatolsz óvatosan, a nyakamat csókolod, ujjainkat egymásba fonjuk.

Lassan kezdesz löködni, én pedig ahogy tudok, mozgok alattad, élvezve a gyönyört, amit okozol. Fejem oldalt van, arcomat csókolod, azután a vállamat, hátamat. Kicsit megemelkedsz, megtámaszkodsz, én feljebb tolom popómat, így tologatsz hevesebb lökésekkel.

– Annyira jó nézni, hogy benned vagyok. Felizgat mindig a látványod – mondod nekem.

Hátranyúlok, épp elérem zacskóidat. Végigsimítom kezemmel, megmarkolászom kicsit.

Azután megfordulok. Te térdelve maradsz, felemeled a csípőmet. Lábamat a derekadra teszed, tartod. A levegőben vagyok, így tologatsz heves mozdulatokkal.

Húzol magadra egyenletes mozdulatokkal, azután leteszed fenekemet az ágyra és rám fekszel, ölelsz, csókolsz, így szerelmeskedünk tovább, csókolva egymást. Kezemet nyakad köré fonom, fejemet hátrahajtom. A nyakamat csókolod, és együtt mozog a testünk ritmusosan hullámozva, érzékien.

– Nem bírom sokáig, szívem – súgod oda nekem.

– Én sem, édes, gyere velem a gyönyörbe!

Pár lökés, és lüktetek, rándul a testem a tiéddel együtt. Lihegünk, sóhajtunk, megérkeztünk.

Megpuszilgatsz, megpihensz rajtam, majd kis idő múlva mellém fekszel. Átölelsz, és mély álomba zuhanunk fáradtan, kielégülve, egymás karjaiban.

A többi napunkat strandolással töltjük, csak a pihenés, este vacsora, tánc. Hamar elrepül ez a pár nap.

Elérkezett az utazás napja. Reggel korán indulunk a havannai reptérre, és onnét 10 órányi út haza.

Este érkezünk meg.

Fogunk egy taxit és hazaérve lepakolunk, letusolunk. Nem pakolom ki bőröndöket, majd másnap. Most csak fáradtan bezuhanunk az ágyba a hosszú út után, élményekkel tele.

Még van pár nap a szabadságból, de akad elintézni való, mielőtt kezdődik a munka újra.

Napközben jövünk-megyünk, este pedig főzünk együtt, viccelődünk, nevetgélünk, szerelmeskedünk.

✥

Nem találkoztunk már egy hete, de ma végre sikerül. Jössz hozzám.

Becsengetsz, beengedlek, futok az ölelésedbe. Csókollak, puszilgatlak.

– Szia, szívem. Nagyon hiányoztál.

– Te is nekem, édesem – mondod.

Beljebb lépkedünk a szobába, ledobálod magadról ruháidat, engem is kicsomagolsz gyorsan, és már huppanunk is az ágyra vadul szeretkezve, annyira kívántuk egymást.

Először rám fekszel úgy tologatsz erősen, azután négykézlábra állok, hátulról löködsz. Ez a kedvenc pózunk, de mindegyiket imádjuk egymással.

A csiklómat simogatom, gyönyörben tartasz.

– Olyan szép popód van. Annyira belemerülnék, kis szívem – mondod nekem. – Egyszer bele fogok, az tuti.

És simogatod, miközben tologatsz.

Én ezt nem tudom elképzelni így, ahogy egy pillanatra belegondolok. Lehet, hogy fájna. Nem próbáltam soha, de neked megteszem egyszer majd. (Ez csak gondolatban játszódik le bennem, nem mondom neked.)

Élvezem a szeretkezést, a gyönyört, az érintést.

– Mindjárt elélvezek – mondod nekem.

– Akkor gyere, szívem, feküdj hanyatt, elkényeztetlek kicsit.

Elfektetlek, és megcsókolom a szádat, simogatlak a mellkasodtól indulva lefelé.

Farkadat érintem érzékien, óvatosan, azután számba veszem, megnyalogatom, de csak addig, míg érzem, majdnem elélveznél, akkor kicsit hagyom, nyugodj le, és kezdem újra.

Kis idő múlva rád ülök, te feljebb ülsz, magadhoz húzol és ölelsz, én pedig előre-hátra mozgok rajtad. Először lassan, majd egyre gyorsabban, ma így fogunk az orgazmusba jutni.

Megemelem fenekemet, csak épp a hegye marad a puncimban, és csusszanok vissza, hatalmas gyönyört okozva neked ezzel. És mozgok.

– Lassabban, kicsim, nem bírom – szólsz, de én nem hagyom abba. Mindjárt ott vagyok én is, mélyen bennem vagy, és csak mozgok.

– Úristen!

– Gyere, édes – mondom neked, és te alattam erőteljes lökéssel juttatsz az orgazmusba.

– Itt vagyunk! – kiáltasz, sóhajtasz kielégülve, csurom vizesen, boldogan.

Rád simulok, így maradok egy darabig, míg légzésem helyreáll, azután melléd gömbölyödöm, átölellek, és beszélgetünk kicsit így összebújva.

– Csodás volt, kincsem – mondod nekem.

– Igen az volt – válaszolom. – Minden percét élvezem veled a szeretkezésnek, szexnek. Ezen kívül szeretem a beszélgetéseinket is, mindent.

– Én is szeretek veled lenni – mondod nekem –, különleges nő vagy, az biztos.

Egy óra múlva indulnod kell. Összeszeded magad, megeszed a csokidat, amit kaptál tőlem, kikísérlek, megcsókollak.

– Siess hozzám újra, szívem!

– Rohanni fogok, ahogy csak tudok, szépségem.

***

Utolsó történetem az utolsó napunk, amit együtt töltöttünk.

Amikor ez a könyv útnak indul, a miénk már véget ért... Szép napok voltak, boldog, szenvedélyes órák, de ennyi. Több nem lehetetett, nekem pedig kevés volt. A szeretett férfi nem mert kilépni a bizonytalanba, ami kihívás lett volna. Otthagyni a biztonságot, amit jól ismer.

Megköszöntem neki, hogy az életem része volt, és ez a könyv megíródott.

Búcsúölelés

Már egy hónapja nem találkoztunk. Nekem műtétem volt, te beteg voltál, köztesen pedig nem tudtál időt szakítani rám. Nagyon rosszul esett, de nem szomorkodom miatta, lelkemet nem terhelem ezzel.

Ma találkozunk, és ez lesz az utolsó. Nekem ez nem megy tovább. Szeretlek, elengedlek, és őrzöm az emlékeket.

Délután érkezel, három óra tájban. Ma nem úgy várlak, mint máskor. A mai nap más.

Végiggondoltam egy évünket, és meg kellett hoznom ezt a döntést magam miatt.

Örülök, hogy jössz. Csengetsz, beengedlek.

Mikor belépsz az ajtón, én még elrendezek pár dolgot a szobában, te pedig bezárod az ajtót és beljebb jössz.

Odalépsz hozzám, átkarolsz. Csak csendben állunk így az ölelésben. Rég találkoztunk.

Mondhatnék ezer dolgot, kérdezhetném: „miért, miért?", de nem teszem, csak ölellek. Fejem a válladon, és magamba szívom az illatodat.

Azután kicsit eltolsz, hogy láss. Egy könnycsepp csordul a szememből, de nem szólok, csak csendben nézlek. Megcsókolsz, és ölelsz újra... érzed te is, amit nem mondok ki.

Megfogom a kezed, átsétálunk a hálószobába. Az ajtóban megállva öleljük, csókoljuk egymást, de most lágy mozdulatokkal, nem a vadul, szenvedéllyel megtöltve.

Óvatosan lefektetsz az ágyra, fölém hajolsz, halkan odasúgod:
– Hiányoztál...

Megsimogatod az arcom, hajam, és hozzám simulsz, rám fekszel, csókolsz és ölelsz.

Érzem rajtad, nem akartál megbántani. Egyszerűen nem tudod kezelni ezt az érzelem-dolgot.

Lassan belém hatolsz, ahogy így fekszünk. Ah, micsoda gyönyör! Mennyire vágytam rá, érezni a tested melegét, a csókokat, az illatod. Ahogy ölelsz...

Együtt mozog a testünk, teljes összhangban, minden rezdülését érezzük egymásnak.

Érzékien mozgok alattad, te is nyögdécselsz a gyönyörtől.

Majd kicsusszansz belőlem, elkezdesz csókolgatni a nyakamtól lefelé haladva, melleimet szopogatod, markolod, és haladsz lefelé. A hasamat puszilod. A kezed oldalamt simítja, és belső combom felé halad. Ujjaid becsusszannak a puncimba, miközben testemet csókolod.

Miközben ujjaidat érzékien mozgatod bennem, nyelveddel kényezteted a csiklómat, hatalmas gyönyörben tartva engem.

Én fejedet simogatom, azt érem csak el így, ahogy fekszem. Addig izgatsz, míg a gyönyörbe juttatsz. Rándul a testem, lüktetek.

Indulsz visszafelé csókjaiddal, míg számhoz érsz és vadul csókolózunk.

Szorosan ölelsz – így még sosem öleltél.

Hanyatt fektetlek, melléd fekszem hasra, kezemmel átkarollak, de csak érzékien csókollak, miközben simogatom a testedet, mellkasodtól lefelé haladva.

Élvezni akarom, és elraktározni minden kis apró mozzanatot a mai napból

Azután feljebb helyezkedem, simogatlak tovább, és testeden indulok csókjaimmal.

Férfiasságod mereven ágaskodik. A kezembe fogom, és felle mozgatom, közben csókollak.

Számmal kényeztetem, nyelvemmel simogatom. Nyögdécselsz, nagyon kívánsz.

Felemelkedem, és farkadra csusszanok, lassan mozogni kezdek. Te a derekamat fogod, mozogsz alattam.

Megcsókollak újra. Szeretek csókolózni veled.

És mozgok, gyorsabban és lassabban, előre-hátra, fel-le.

– Lassabban – mondod –, mindjárt elélvezek.

Én most teljesítem a kívánságod, mert még élvezni akarom a testedet. Ooldalra fordítalak, eléd fekszem. Popómat lágyékodra tolom, izgatlak vele. Átkarolsz, lábamat megemeled és belém hatolsz hátulról, erőteljes mozdulatokkal tologatsz, tarkómat csókolod.

Én közben a csiklómat simogatom, és érzem, hamarosan újra a gyönyör kapujába érek.

Hátranyúlok, karommal megsimítalak kicsit, a fejemet is fordítom, és odasúgom:

– Gyere, szívem – de te azt mondod:

– Legyen a kedvenc pózunk, úgy szeretnék ma elélvezni.

Négykézlábra állok, pucsítok neked, belém hatolsz, és löködsz erőteljesen.

Lehajolsz, megpuszilod a hátamat, kezeddel pedig előre nyúlsz, hogy elérd a csiklómat, mert tudod, így jutok a csúcsok csúcsára veled.

Pár perc, és rándul a testünk, hangosan nyögsz, én is elalélok a gyönyörtől.

Elfekszel az ágyon, én kiöblítem magam, és megyek, visszabújok melléd, így ölelkezve fekszünk. Szavak nélkül. Kis idő múlva megsimogatom az arcodat, te a tenyerembe teszed.

– Olyan jó így – mondod.

Igen, tudom, szereted a lényemet, mellettem megnyugszol, megpihensz.

Lassan menned kell. Felöltözöl, kikísérlek az ajtóig, átölellek szorosan, és kimondom, amit még sosem:

– Szeretlek.

Te csak ölelsz, szóra nyílna a szád, de az ujjamat odateszem, szavak nélkül kérve: hallgass.

Füledhez hajolok és odasúgom:

– Legyél nagyon boldog.

Így engedlek ki az ajtón.

– Vigyázz magadra, minden jót.

Megvárom, míg elmész, becsukom az ajtót, nekidőlök, és utat engedek a könnyeknek.

Ez a mi történetünk, a pillanatok, lopott órák, amelyeket együtt töltöttünk.

Szenvedély, vágy, ölelés, érzelmek.

Utószó: Tisztában vagyok vele, hogy ezek a történetek sokaknál a határokat súrolják! Hiszem azt, hogy mindenki megélheti ezt a vad vágyat, amit mi egymás karjaiban… Amit évekig elfojtottam magamban, csak a képzeletemben létezett. A szenvedély ott van bennünk, csak a megfelelő társ kell, hogy ébredjen!!

A szerző

Lilith B Rash 1973-ban született egy kis városban,
és a Balaton déli partján nőtt fel. Ott élt felnőtt
koráig. Introvertált kislány volt; hallgatag, csendes,
visszahúzódó. Kereskedelmi iskolát végzett, majd
tovább képezte magát, mivel családjában hagyomány
volt a vendéglátás. 17 éves volt, mikor megismerte
első férjét, akivel 19 éves korában elindították közös
vendéglátó vállalkozásukat. Kapcsolatuk hullámzó volt,
majd 10 év után felbomlott. A vendéglátásban több,
mint egy évtizedet dolgozott, de érezte, hogy nem
ez az ő végleges útja. A szépségiparban szerzett több
végzettséget, de tudta még mindig nem találta meg
igazi küldetését. Idő közben újra férjhez ment, második
házassága is hosszú ideig tartott.

Saját útját, hivatását is megtalálta közben, ami nem
más, mint az emberek testi-lelki gyógyítása. Ember
szeretete ebbe az irányba vezette.

Széles körű tudással, és tapasztalattal rendelkezik több
területen, de ma már mint masszőr, és tanácsadó
terapeuta segít az embereknek.

A kiadó

> *Aki feladja,*
> *hogy jobbá váljon,*
> *feladta,*
> *hogy jobb legyen!*

E mottó alapján a novum publishing kiadó célja az új kéziratok felkutatása, megjelentetése, és szerzőik hosszútávú segítése. Az 1997-ben alapított, többszörösen kitüntetett kiadó az egyik legjelentősebb, újdonsült szerzőkre specializálódott kiadónak számít tobbek között Ausztriában, Németországban és Svájcban.

Valamennyi új kézirat rövid időn belül egy ingyenes, kötelezettségek nélküli kiadói véleményezésen esik át.

További információkat a kiadóról és a könyvekről az alábbi oldalon talál:

www.novumpublishing.hu